EL PODER DE ESTAR SOLA

First edition. November 17, 2024.

Copyright © 2024 Liliana Altamar.

ISBN: 979-8230179115

Written by Liliana Altamar.

EL PODER DE ESTAR SOLA

Una Historia de Superación y Resiliencia

Guía para una Vida Libre y Plena

LILIANA ALTAMAR CHARRIS

...Me bastaron tus cejas pobladas al mirarte,
Y al sonreír tu presumido hoyuelo en la mejilla,
Cuando escucho tu acento, a mi cuerpo me provoca atarte,
Siempre quiero dejarme enamorar por tu alma sencilla.
...Iluminas mis días con tu locura,
Eres mi sol y lo has sido desde el primer día;
Me desarma la manera en que deseas mi cintura
Y puedo volar en la forma en que me miras todavía.
Extractos del poema "A Mi Sol"
Liliana Altamar

Contenido

CAPITULO 1: Empoderando mi esencia: De la inseguridad a la autoaceptación.

Habían pasado tantos años desde la última vez que Olivia escribió, que ahora se sentía como una extraña frente a las palabras. Ideas y frases se agolpaban en su mente, pero parecían tan desordenadas como los recuerdos que las impulsaban. Lo único claro era que quería contar su historia, compartir lo que había vivido. Sentía que en algún rincón del mundo había mujeres que, como ella, alguna vez buscaron desesperadamente esa voz que les diera fuerzas para seguir adelante. Aunque tardó en tomar conciencia de aquello. Por algún motivo pensaba que solamente a ella la invadían esas emociones. Por mucho tiempo se las guardó para sí misma, pero con el pasar de los años, la vida se encargó de mostrarle que las vivencias y aprendizajes tenían el propósito de compartirse.

Escribiendo en el computador, extasiada viendo el sol rojizo que se ocultaba en el infinito mar azul, meditaba sobre su dilema: ¿debería narrar su propia vida o inventar una historia de ficción que transmitiera el mismo mensaje? Su vida, de alguna manera, ya era una novela, sin embargo, cada vez que intentaba plasmar sus vivencias, sus inseguridades resurgían, haciéndola dudar de si alguien querría leerla.

Escribir era su pasión, su verdadera pasión, lo había sido siempre, desde que recordaba. Solo sabía que le encantaba; era la única manera de expresarse sin temores, podía decir lo que quería sin pensar tanto antes de decirlo. Escribir era su refugio. Cada palabra que plasmaba la hacía sentir más ligera, más libre. En esas líneas, no había espacio para el juicio ni para el miedo, solo para ella misma. Lo hacía sin ninguna pretensión, escribía porque lo necesitaba, eterno sentimiento de una persona tímida que tenía dificultad para expresarse frente a las demás personas. Por medio de esa catarsis al escribir, ella había aprendido a enfrentar sus inseguridades, sus complejos, sus propios paradigmas. Cuando escribía, sus manos temblorosas y las palabras torpes que siempre se quedaban atrapadas en su garganta desaparecían. En la hoja, su voz cobraba fuerza.

En el momento en que decidió escribir su libro, ya era una mujer madura. Con dos matrimonios y dos hijos de su primera unión, Olivia había aprendido que, a veces, es necesario comenzar de nuevo, tanto en lo personal como en lo profesional. Después de muchos años en los que trabajó como ejecutiva en varias empresas, decidió retomar el control de su vida. Ya no quería más jefes, ya no quería límites. Trabajar por su cuenta como Consultora Independiente le ofrecía la libertad que tanto anhelaba.

Poniéndole empeño a su proyecto, decidió entonces, contratar a una editora. Trabajaban varias veces a la semana, y entre largas conversaciones, Olivia le compartía lo que escribía, los resúmenes que sacaba de diferentes libros que había leído durante los últimos años. De esta manera, juntas estructuraban el bosquejo del libro. Aquella decisión le devolvió la confianza. La opinión experta de su editora la llenó del entusiasmo que siempre necesitaba para inspirarse a escribir.

Le encantaba escribir frente a los eternos atardeceres que podía disfrutar desde el balcón de su alcoba. Recordaba cómo en su fugaz adolescencia, se sumergía en las antiguas máquinas de escribir con dos o hasta cuatros dedos con los que alcanzaba a teclear, para transcribir a golpetazos en las hojas de papel sus fantásticas historias que nunca se había atrevido a publicar. Esas historias que aún conservaba en fólderes amarillentos y cuarteados por el tiempo, como testigos silenciosos de su miedo a ser leída.

Comenzó a escribir alrededor de los 12 años. Sus primeros escritos eran en cuadernos que ella se apropiaba como sus diarios y allí plasmaba sus sentimientos, sus emociones relacionados con lo que veía. Luego fue descubriendo que podía imaginar muchas más cosas adicionales a las que cotidianamente vivía, y dejaba volar su imaginación pasando horas enteras con un bolígrafo en la mano escribiendo.

Una pequeña sonrisa se esbozaba en su rostro al evocar esos recuerdos. Verse ahora con su laptop tecleando igual con sus cuatro dedos, pero ya no de forma tan sonora, mientras cerraba sus ojos, también provocaba el mismo estado de regocijo. Como si así atrajera a "sus musas", como ella llamaba, las palabras fluían dentro de su mente y se acumulaban para poder salir a través de sus dedos.

Estaba distraída contando las nuevas pecas que había descubierto en sus hombros. Le recordaban los coqueteos de su juventud bajo el sol inclemente que calentaba su tierra natal, bañada por el mar Caribe. Mientras observaba las manchas en su piel, reflexionaba sobre los giros inesperados que había dado su vida en los últimos años y se preguntaba qué detalles de esa travesía personal podría agregar a la historia que venía escribiendo desde hacía semanas. Entre frase y frase, levantaba la mirada para ver cómo el sol parecía sumergirse lentamente en el mar. Podía sentir la tristeza del astro al despedirse con su luz rojiza, cediendo su lugar al destello brillante y fugaz de la luna, que tímidamente comenzaba a asomarse desde el otro horizonte. De pronto vio interrumpido su soliloquio con el saludo de Armando, su segundo esposo.

—Hola, amor, ¿cómo vas? Yo estoy rendido.

—Hola Chelo (palabra amorosa que se había inventado Olivia referente a "cielo") más tarde te haré un masaje relajante— le proponía mientras arqueaba sus labios mostrando su usual coquetería— déjame y termino esta idea antes que mis musas se vuelvan a ir.

—Jajaja tranquila amor. ¿No sientes frio sentada en el balcón? ¿No prefieres escribir adentro? — le preguntaba al tiempo que entraba a su habitación.

Ella continuó con su actividad en silencio sabiendo que, si le respondía, él de todas formas no le alcanzaría a escuchar. Quería terminar lo más pronto posible su escrito porque esta vez sí estaba resuelta a intentar publicarla. Escribía y escribía en su laptop sin parar, ya habría tiempo para corregir. Según instrucciones de Tulia, su editora, ella debía aprovechar que tenía las ideas frescas en su mente y plasmarlas en la pantalla, así tal cual como iban saliendo de su cabeza, sin tener en cuenta ortografía, orden cronológico, nada. Así que emocionada por todos los giros que había dado su vida en los últimos años, seguía relatando con una sonrisa en sus labios ¿Qué tenía que perder?

En otros días, recostaba su cabeza sobre el espaldar del sofá de ratán, en el patio de su casa, con la laptop sobre sus piernas que tenía apoyadas en la mesita de centro frente a ella. Así mantuvo los ojos abiertos observando el interior del toldo que la cubría del sol vespertino, aunque no la podía proteger de la brisa veraniega y tibia que entraba sin permiso. Se encontraba sumida en sus reflexiones cuando decidió darle forma a los escritos y esbozos que guardaba en su portátil; así que los unió en un solo archivo y empezó a corregir lo que ya estaba escrito, mientras escuchaba el suave murmullo de las hojas al viento. Había entrado una pequeña ráfaga de viento a su patio y jugueteando con las hojas que habían caído de los árboles, formaba un tromba diminuta, lo que llamó su atención logrando que sonriera.

Comenzó por recordar su infancia y adolescencia, para compartir los desafíos que ella había enfrentado y la manera cómo logró salir victoriosa. Sus vivencias servirían de guía para otras mujeres. Llegó a la conclusión que debía comenzar por contextualizar a sus lectoras con el inicio de donde pudo haber comenzado todo.

Siempre fue una niña tímida y retraída, muy delgada en su infancia y adolescencia. Al recordar aquellos días, una mezcla de nostalgia y alivio la invadió. Había aprendido tanto de su timidez, pero también había pagado un precio por ello. Ella siempre reiteraba que su **timidez** era un rasgo de su personalidad. Que la acompañaba hasta el día de hoy, caminando de la mano con la **inseguridad,** en aquel entonces. No sabía cuál de las dos era más fuerte o dominante: ¿la timidez o la inseguridad?

La timidez le hacía dudar de sí misma, pero la inseguridad la paralizaba, impidiéndole tomar riesgos. Ambas se manifestaban en pequeños detalles cotidianos, especialmente cuando interactuaba con otras personas.

Recordaba una actividad cultural en quinto grado, cuando la llevaron junto con sus compañeros a participar en un programa de radio. Durante la transmisión, tenían que interactuar y decir algunas líneas de los diálogos de una obra escolar, con el fin de promover su presentación. Fue un momento divertido; entre risas, todos hablaban frente al micrófono, e incluso se burlaban unos de otros cuando, por los nervios, algunos se equivocaban y decían las líneas de otros. El programa infantil fue todo un éxito, y junto con el profesor, todos aplaudían felices de haberlo logrado. Todos, menos Olivia, que durante toda la grabación permaneció detrás del grupo. A pesar de saberse perfectamente sus líneas, no fue capaz de pronunciar una sola palabra.

Todo la asustaba, todo le generaba nervios, y no se sentía segura de nada. Le daba miedo alzar la mano en clase, aunque no entendiera el tema, por miedo a equivocarse delante de los demás. Incluso le daba miedo caminar sola por los pasillos de la escuela. Si su única amiga no asistía ese día, ella prefería quedarse sentada en un extremo del patio y comer sola su merienda.

Fue una niña y adolescente extremadamente juiciosa, aunque no era una estudiante brillante, pues no sacaba las mejores notas, su comportamiento y obediencia la destacaban entre sus compañeros. Era, sobre todo, soñadora y romántica. Muchas tardes prefería dejar de lado sus deberes escolares para pasar horas mirando a través de las ventanas de su casa, plasmando en palabras lo que veía y sentía, entrelazando sus emociones con situaciones ficticias.

Se acostumbró a vivir así, con sus amigas, la "timidez" y la "inseguridad", que crecieron junto con ella, incondicionales, alimentando las creencias y modelos conductuales que iba aprendiendo. Estos aspectos eran cruciales para ella y decidió incluirlos en su libro pues estaban íntimamente relacionados con la mayoría de sus decisiones equivocadas y la forma en que había logrado superar algunos paradigmas.

Según lo que encontró en sus investigaciones sobre sus "amigas", expertos en estudios sobre estos rasgos, informaban que el 65% de las personas tímidas creen que son así a causa de circunstancias externas como exceso de control por parte de la familia, el trato autoritario o sobreprotector, o haber sufrido acoso escolar en su niñez. Al leerlo Olivia se sintió identificada y llegó a la conclusión que las dos primeras causas se alineaban perfectamente con su historia.

—Cada lectora, al leer esto, será capaz de reconocerse y analizar si también estas estadísticas encajan en sus realidades o les servirá para sacar sus propias deducciones— le decía Olivia a Tulia, su editora, mientras encontraba la manera de incluir la información teórica que encontraba en sus relatos.

Recordaba haber sentido esa misma inseguridad en muchos momentos de su infancia. Su madre la sobreprotegía y no le permitía tener muchas amigas en el barrio. De hecho, solo le daban permiso de jugar con una sola, y solo los fines de semana, ya que de lunes a viernes debía quedarse en casa haciendo sus deberes escolares. Olivia era la menor de cinco hermanos, pero la diferencia de edad entre ellos era considerable, lo que hacía difícil que compartieran intereses o juegos. Mientras ella apenas comenzaba a descubrir el mundo, sus hermanos mayores ya estaban en la universidad, ocupados en sus propias vidas.

Esta brecha generacional le dejaba mucho tiempo libre. Sus padres tenían una enorme biblioteca de pared a pared, llena de enciclopedias y libros de ficción y no ficción. Olivia descubrió, a los diez años, la magia de la lectura cuando leyó su primera novela, y a partir de ahí, su imaginación volaba con cada libro que devoraba. Pasaba mucho tiempo jugando con sus amigos imaginarios, y sin sospecharlo, esa misma imaginación se desarrollaba entre juegos, hasta que la hacía volar escribiendo cuentos y novelas. Al principio, los redactaba en unos blocks de facturas del trabajo de su padre que ya no utilizaba. Luego, tras corregirlos ella misma, con tachones y flechas por todas partes, se sentaba en la mesa del comedor para transcribirlos en la máquina de escribir.

Mientras seguía recordando esas tardes en la mesa del comedor, transcribiendo sus cuentos y novelas, Olivia volvió a la realidad y retomó la conversación con Tulia. Compartió con ella el resultado de su investigación, comentándole que el 86% de las personas tímidas son optimistas respecto a mejorar su problema, siempre que se lo propongan. Sin embargo, para sorpresa de Olivia, al reflexionar sobre su propia experiencia, se dio cuenta de que nunca había intentado superarlo realmente. Se había acostumbrado a convivir con "ellas" —la timidez y la inseguridad—, casi integrándolas en su zona de confort a lo largo de los años.

—Tú te acostumbraste a vivir con ellas y en tu juventud no buscaste la manera de superarlas, hasta ya adulta que lo has estado trabajando, como me has contado— le conversaba Tulia, la editora, mientras sacaba la laptop de su bolso y se acomodaba en el escritorio.

—Si Tulia, la verdad en mi adolescencia sí me ponía algo triste ser tímida pues veía que dejaba pasar muchas oportunidades al momento de interactuar con otras personas, por ejemplo, con amigos que me gustaban. Y eso de alguna manera afectaba mi autoestima. Pero luego, al crecer un poco más, ya en mi juventud me di cuenta de que, a pesar de mi timidez, tenía otros aspectos positivos: Era servicial, leal, buena compañera, confiable. Estos rasgos hicieron que las personas a mi alrededor desearan acercarse a mí y charlar conmigo, lo que me hacía sentir mucho mejor conmigo misma y más cómoda. Es por eso por lo que te mencionaba que no me afanaba en buscar la manera de "superar" mi timidez y querer ser más extrovertida, porque sentía que igual me permitía tener amigos. Pocos, pero buenos, y tenía novios, también pocos, pero buenos— comentaba de una manera jocosa y continuaba:

— Ya al empezar mi vida laboral me encontré con mis empleos donde siempre estuve en cargos de jefatura. Dirigía personal, hablaba en público, capacitando y entrenándolos. Entonces para tener un buen desempeño laboral me vi "obligada" a trabajar en mi timidez e inseguridades, dándole otro enfoque, y esto que te menciono es un proceso que me ha llevado años, en el que trabajo todos los días. Creo que es de nunca acabar.

—Entiendo Olivia. Has sido afortunada en encontrar situaciones que te "empujaron" a crecer en ese aspecto. Pero, si muchas de tus lectoras no cuentan con esas circunstancias y desean superar su timidez e inseguridad para convertirse en su mejor versión, como tú dices ¿Qué les podrías aconsejar?

—Primero, les diría que piensen qué es lo que realmente las motiva a querer superar esa timidez. ¿Qué es lo que las hace sentir que podría ser un obstáculo en sus vidas? Para mí fue crucial darme cuenta de que la timidez, cuando se mezcla con la inseguridad, afecta directamente el autoestima. Empiezas a sentir que no eres capaz de hacer nada bien. Lo peligroso es cuando esas dos características van de la mano, porque te hace sentir vulnerable, y disminuyen tu confianza en tus propias habilidades.

—¿Y cómo lograste manejarlo?

—Aceptando que soy y seguiré siendo una mujer tímida. Eso forma parte de mi personalidad, y no necesariamente es algo que deba cambiar. Ser tímida tiene sus ventajas y en ciertas situaciones, puede ser positivo y te ayuda a salir victoriosa.

—Por otro lado— continuó Olivia hablando fluidamente haciéndola sentir contenta con sus descubrimientos y cómo se ampliaba un mundo nuevo frente a ella— me di cuenta de que puede ser una salida un tanto facilista hacerse la victima de vez en cuando. No podemos culpar a los demás por sentirnos inseguros. Debemos asumir la responsabilidad de nuestra vida y de nuestras acciones. Es desde ese punto que las decisiones que tomamos, basándonos en nuestras verdaderas motivaciones, nos programan para perseguir lo que realmente queremos en la vida.

Tulia asintió, escuchando atentamente cada palabra.

—Entonces, ¿crees que es posible ser tímida y, al mismo tiempo, sentirte segura de ti misma? —preguntó, interesada en cómo Olivia planteaba esa dualidad.

—Totalmente— respondió Olivia—. Tú puedes ser perfectamente tímida y estar segura de lo que eres y de lo que sabes hacer. No es necesario ser ruidosa o la más extrovertida para tener claridad sobre lo que vales. Si respetamos nuestra valía, podremos también percibir y respetar el valor de los demás. Cuando alcanzamos ese punto, irradiamos confianza y esperanza. Nos aceptamos por completo como seres humanos.

Tulia sonrió, inspirada por la reflexión de Olivia, y satisfecha por lo privilegiada que era. Lo que podía aprender al hacer su trabajo, era invaluable.

—Eso me hace pensar que muchas de tus lectoras podrían beneficiarse de esta perspectiva. Es una invitación a dejar de luchar contra lo que son y comenzar a abrazarlo, ¿verdad?

—Exactamente. Si dejamos de ver nuestra timidez o inseguridad como enemigos que debemos vencer, y en su lugar aprendemos a convivir con ellos, podemos llegar a una versión de nosotras mismas mucho más auténtica y poderosa.

Yo sé que hay momentos en que desearíamos alejarnos de todo y de todos —continuó Olivia, con un tono sereno, como si lo estuviera recordando—. Es normal sentirnos cansados y agotados por las desilusiones que podemos recibir en un mal día. Y es complicado ver el lado positivo en los aspectos que toda la vida hemos considerado como negativos. Los problemas llegan, y a veces parece que superaran nuestras fuerzas, pero una buena autoestima nos permite afrontar esas situaciones como los que son: una crisis momentánea.

Tulia asintió escribiendo en su laptop.

—Eso es cierto —dijo Tulia—, es muy fácil perder el equilibrio emocional en esos momentos.

—Exacto— respondió Olivia—. Nos sentimos incómodos en el momento como si se nos moviera el piso, pero si tenemos la seguridad que saldremos intactas de la crisis, todo cambia. En cambio, cuando una persona tiene baja auto estima, es como si esperara el engaño, el maltrato o el desprecio de los demás. Es como si bajara la guardia, abriendo la posibilidad de convertirse en víctimas, casi atrayendo lo que tanto temen.

Tulia levantó la vista, intrigada.

—¿Crees que es algo así como un círculo vicioso?

—Definitivamente —asintió Olivia—. Cuando crees que vales poco, te comportas como si ya estuvieras esperando lo peor. Pero cuando trabajas en tu autoestima, cuando sabes lo que vales, enfrentas esas desilusiones con la certeza de que, aunque el piso se mueva, tú no te derrumbarás.

En mi caso, por ejemplo, necesitaba mi trabajo—continuaba hablando, entrelazando sus dedos— necesitaba mi salario que era muy bueno y la manera en que podía mantenerlo era teniendo un buen desempeño. Así que basada en esa motivación, tomé la decisión de trabajar y mejorar mi autoestima. Y esa decisión, que no fue de la noche a la mañana, me llevó a empezar algunas acciones. Fue un proceso de autoconciencia y de identificar en qué me debía enfocar.

—Que buen punto Olivia, sería buenísimo empezar a describir cuales fueron las acciones que pusiste en práctica para trabajar en tu autoestima—invitó Tulia con una mirada ambiciosa con ganas de más.

—Tulia, yo he realizado muchas acciones, con varios profesionales— psicólogos, coaches— en diferentes momentos de mi vida. Ayer precisamente estuve recordando esas acciones y te las organicé enumeradas. Te las comparto a ver qué te parecen— dijo Olivia mientras abría el archivo en su computadora para enviárselo. Para amenizar la conversación le propuso pedir la cena a domicilio.

Llevaban ya varias semanas conociéndose y trabajando juntas, lo que había dado lugar a una amistad agradable y fructífera. Ambas mujeres habían pasado por dos matrimonios, y sus hijos tenían edades similares. Siempre que se reunían, encontraban muchos temas en común para compartir y debatir. Olivia se sentía muy cómoda trabajando con Tulia en su primer proyecto editorial.

Tulia logró convencerla de que sería más entretenido preparar algunos pasabocas juntas, mientras seguían organizando el contenido de las acciones de Olivia.

— Cada lectora debe empezar por identificar cuáles son sus verdaderas motivaciones que la impulsan a buscar su mejor versión y conectarse con ellas. A partir de ahí deben definir qué decisiones tomar y desde ese punto, empezar a tomar acción.

1. <u>Identifica el origen de tus pensamientos negativos</u>:

La mayoría de los pensamientos que tenemos de nosotros mismos y de la manera como vemos todo lo que nos rodea, son puestos en nuestras mentes por otras personas. A lo largo de nuestra vida estamos influenciados por muchas personas. Las noticias, las redes sociales, los amigos, los colegas, la familia influyen mucho en lo que creemos. El problema empieza cuando esos pensamientos o creencias nos hacen dudar de nosotros mismos, nos paralizan, absorben nuestra auto confianza y nos impiden alcanzar nuestro verdadero potencial.

Frases como: "no puedo hablar en esa reunión porque no soy buena para eso", "siempre atraigo a las personas que no me convienen", "estoy muy vieja para hacer esto o aquello", se convierten en creencias que nos repetimos y terminamos aceptándolas como verdades absolutas. Sin darnos cuenta, esas creencias nos frenan y nos alejan de lo que realmente queremos.

Un ejercicio poderoso para empezar es escribir e identificar esas creencias que te repites a menudo, y reflexionar sobre su origen. Esto te ayudará a descubrir qué es lo que realmente te está deteniendo. Debes buscar y construir tu propia verdad. Toma una hoja en blanco y empieza de inmediato.

1. <u>Descubre tus recursos y fortalezas</u>:

Por lo general, tendemos a enfocamos en aquello en lo que creemos no ser lo suficientemente buenos. Pero tu misión ahora es buscar y encontrar lo que sí se te da bien.

Escribe una lista de cosas en las que te destacas y en las que eres realmente buena. Puede ser en cualquier área de tu vida.

Por ejemplo, yo recordé que aprendo rápido y tengo buena memoria, lo que me facilitaba preparar bien mis temas para exponer. Aunque estuviera aterrada de hablar frente a mi equipo de trabajo, saber que tenía el tema bien aprendido me daba la confianza necesaria para desenvolverme bien e incluso manejar las objeciones o inquietudes que surgieran.

De esta manera, en la misma hoja más abajo escribe tus recursos y fortalezas con que cuentas actualmente.

—Excelente información Olivia para enriquecer tu libro. Con este enfoque, se verá más dinámico. Me encanta que vaya permitiendo que tus lectoras puedan interactuar y participar con estas actividades.

—Esa es la idea Tulia: que este libro no sea solo para leer, sino que subrayen las ideas que les guste o con las que se identifiquen. Que también escriban notas y desarrollen estas tareas o actividades para facilitar su proceso de introspección. Sobre todo, **son actividades que no se deben hacer rápidamente, sino que son procesos que se desarrollan poco a poco.** Para responder a un solo punto, puedes tardar horas, días o incluso semanas. Cada persona tiene su propio ritmo y velocidad, especialmente cuando se trata de mirar, analizar y descubrir en tu interior.

Es más— continuó Olivia más que entusiasmada— en este segundo punto de encontrar recursos, podemos añadir una actividad muy poderosa que me gusta llamar "Momentos de Logros". Como te mencionaba anteriormente, a veces a las personas se les dificulta recordar o identificar las cosas que se les dan bien hacer, y este ejercicio las ayudara mucho. Y las instrucciones se podrían explicar de la siguiente manera:

ACTIVIDAD MOMENTOS DE LOGROS

*Toma tu tiempo para esta actividad, sin afanes. Ojalá en un sitio tranquilo, con tu música preferida de fondo. Debes recordar y buscar en tu pasado. Identifica tres momentos de tu vida en donde hayas alcanzado un gran logro que hayan sido altamente significativos para ti. Logros académicos, laborales, familiares, personales, deportivos. (No importa si para los demás no fue importante. Lo relevante aquí, es que SI lo fue para ti.)

1.____

2.____

3.____

*Luego, para cada momento anota una lista de competencias, destrezas, habilidades, cualidades, recursos que estás segura estaban dentro de ti en esos momentos. Que los utilizaste, que te sirvieron y que te ayudaron en cada uno de esos momentos para alcanzar esos logros descritos. (Recuerda que no hay afán. Tomate tu tiempo y escribe. Es una lista, no hay límite)

Logro   1___________,   ________________,

________________, _____________...

Logro   2___________,   ________________,

________________, _____________...

Logro   3___________,   ________________,

________________, _____________...

*De esas listas selecciona tres, los que más se repiten o con los que más te identifiques o que sean los que más te reflejen a ti cuando estás en tu mejor versión.

*Para terminar, esos recursos seleccionados conviértelos en adjetivos para completar en una hoja aparte, la siguiente frase:

YO SOY UNA PERSONA _____________________

____

____

Por ejemplo, si los recursos seleccionados fueron: Amor, Organización, Perseverancia, entonces la frase quedaría:

YO   SOY   UNA   PERSONA   AMOROSA, ORGANIZADA, PERSEVERANTE.

¡Es fácil!

Y además de fácil, es hermoso y conmovedor descubrir que tienes recursos y cosas buenas guardadas dentro de ti y que muy seguramente no recordabas que las tenías, o no las considerabas importantes para resaltar.

Pero esa persona en esa frase... ¡ERES TU!

Es una frase que no viste en una revista ni la copiaste de algún libro... esa frase

¡LA CREASTE TU!

¡Reconócela y aduéñate de ella!

De ahora en adelante no se te va a olvidar quién eres y de lo que eres capaz de hacer, porque si ya fuiste capaz de alcanzar esos logros que recordaste de tu pasado, por supuesto que vas a seguir siendo capaz de eso y mucho más. Y esas habilidades que te ayudaron en tu pasado, no han desaparecido. ¡Siguen dentro de TI!

¿Estás listo para hacer tu frase?

—¡Excelente actividad para descubrir recursos! Y para ver en ti cosas que hacía mucho tiempo no habías resaltado o quizás nunca. Me encantó y te informo que más tarde haré la mía— exclamó visiblemente emocionada Tulia— ¿Tienes más acciones para trabajar la autoestima que quieras agregar?

—Si claro Tulia, quiero agregar dos más de la siguiente manera:

1. <u>Ser auto compasivos:</u>

No se trata de lamentarnos ni victimizarse por las cosas que no resultan como nosotros deseamos. Sino darnos el permiso de perdonarnos a nosotros mismos cuando nos equivocamos. Es aceptar que es posible cometer errores y no recriminarnos tan fuerte por eso. A veces podemos pasar noches sin dormir o días enteros masticando la misma situación una y otra vez. Debemos darnos cuenta de que fue algo que ya pasó y que somos seres humanos de carne y hueso. **Perdónate primero y, después, enfócate en las acciones necesarias para resarcir tu error o corregir lo que hiciste de manera incorrecta.**

1. <u>Repetir afirmaciones positivas diariamente</u>:

Cuando repites diariamente tus afirmaciones, mantras, decretos, declaraciones— como quieras llamarlas— con voz audible, que tú mismo puedas escuchar, programas tu cerebro a crear nuevas conexiones neuronales. Esto hace que pienses, sientas y veas la vida de una manera más acorde a como deseas experimentarla.

Puede ayudar también **reescribir las creencias negativas que identificaste en el punto uno en términos positivos y realistas.** Junto con la frase que creaste con tus recursos en el punto dos, puedes convertirlas en tus mantras o afirmaciones positivas para repetir diariamente.

Por ejemplo, de la creencia negativa del punto uno: "no puedo hablar en esa reunión porque no soy buena para eso", podría reescribirse en términos positivos y realistas de la siguiente manera: "aunque sienta que es un poco difícil hablar en esa reunión, practicaré tantas veces hasta dominar el tema y me sienta bien segura para presentar."

La idea con este ejercicio no es crear afirmaciones positivas utópicas y soñadoras, porque, así como la creencia negativa no es real, una afirmación utópica puede que tampoco lo sea. En su lugar, se trata de contrarrestar la creencia negativa con una positiva pero ajustada a tu realidad y que sea perfectamente posible de realizar.

—¡Excelentes reflexiones Olivia! Estoy emocionada cómo vamos armando la estructura del libro. Pero me llamó la atención que anteriormente mencionaste que ser tímida tenía su lado positivo. ¿me podrías ampliar un poco ese punto? — preguntó sonriente mientras escribía rápidamente en su computador.

—Pero claro Tulia, siempre se ha visto la timidez como un defecto, se ha encasillado como algo negativo, como algo que debes cambiar o superar en tu vida. Creo que verla de esa manera te llena más de ansiedad y te paraliza más.

Algo importante que he aprendido es que la timidez no siempre tiene que ser vista como una desventaja. Claro, puede limitarte si te dejas llevar por ella, pero también puede ser una herramienta poderosa si aprendes a manejarla.

—¿Cómo así? —preguntó Tulia, interesada. Detuvo sus dedos y quitándose las gafas, prefirió escucharla atentamente.

—Por ejemplo, la timidez me ayudó a desarrollar una gran capacidad de observación. Al no ser la persona que siempre hablaba en voz alta o buscaba el protagonismo, me acostumbré a observar más, a escuchar a los demás, a reflexionar antes de actuar. Y eso, créeme, ha sido clave en mi vida profesional. Me ha permitido leer mejor a las personas, entender sus necesidades, y tomar decisiones más pensadas y acertadas.

—Nunca lo había visto de esa manera —respondió Tulia—. Por lo que me cuentas, la timidez te permitió desarrollar una empatía y una forma de conexión con los demás que quizá no habrías tenido si fueras más extrovertida.

—Exacto. Por eso les diría a mis lectoras que, en lugar de intentar eliminar su timidez, trabajen en entenderla, en aceptarla, y en usarla a su favor. A veces queremos cambiar algo de nosotras porque creemos que no encaja en lo que se supone que deberíamos ser, pero quizá lo que realmente necesitamos es aprender a vivir con esos aspectos y encontrarles un propósito.

—Es una forma muy liberadora de verlo —dijo Tulia—. Creo que eso hará que muchas mujeres se sientan aliviadas al leer tu libro, al saber que no necesitan cambiar radicalmente para mejorar su vida.

Olivia sonrió, satisfecha con la dirección que tomaba su relato. Hablar desde su propia experiencia la hacía sentir más conectada con las mujeres a quienes quería llegar. Durante las pausas activas que tomaban, a ambas les gustaba buscar en sus *playlists* las canciones más alegres, aquellas que les sacaran una sonrisa y las obligaran a mover las piernas al ritmo de un son caribeño, llenando sus reuniones de energía y buena vibra.

—Yo después de llevar tantos años siendo tímida, asumí que ya es parte de mí y que no hay una fórmula mágica para que desaparezca—continuó Olivia al tomar un respiro y sentarse— Más bien hay que darle otro significado a ese rasgo de tu personalidad y enfocarte en cómo puedes beneficiarte de él. Por ejemplo, como te mencioné antes, siempre trabajé como ejecutiva de negocios, atendiendo clientes y manejando equipos de trabajo. Entonces, la ventaja de ser tímida favorecía mi capacidad de escucha y me facilitaba empatizar con mis clientes y con mi equipo de ventas.

No importa en que rubro se desenvuelvan; a las personas tímidas se les facilita el ser más precavidos al tomar decisiones porque no suelen moverse por impulsos, sino que analizan más las situaciones antes de actuar. Y sus opiniones, al ser muy reflexionadas, suelen tenerse más en cuenta. Las personas a su alrededor sean jefes, compañeros de trabajo o subalternos, ya los conocen e identifican, y de alguna manera las personas tímidas proyectan cierta credibilidad en su actuar. Son más propensas a ganarse la confianza de sus pares y de sus jefes. Claro está, y esto es indispensable, si su timidez va acompañada de buenos resultados y buen desempeño.

—Claro Olivia, qué buena manera de darle otro enfoque a la timidez ¿Y qué pasaría si recaemos en nuestras creencias negativas? — preguntó Tulia muy interesada en el tema y pensando en posibles cuestionamientos de las lectoras.

—La buena noticia es que la auto estima puede ser remodelada en cualquier edad, una vez que descubrimos que nos hemos devaluado pero que estamos dispuestos a cambiar. El desarrollo de la auto estima requiere tiempo, paciencia y valentía para probar cosas nuevas. Todo en la vida es un proceso, y como tal, seria normal que en algún momento podamos volver a nuestros patrones antiguos. La idea es desaprender patrones negativos e integrar a nuestro sistema nuevos patrones positivos. Y es algo que se puede hacer constantemente. Así como el sentimiento de baja valía fue aprendido, también es factible desaprenderlo e iniciar de nuevo el aprendizaje de una auto estima elevada. Todos tenemos la capacidad de aprender cosas nuevas, así que siempre existirá la esperanza que la vida puede cambiar y tomar un giro positivo.

Nadie dijo que sería fácil Tulia, pero cuando eso suceda, volvemos a hacer estas mismas acciones, estas mismas actividades que te describí. Las podemos hacer las veces que sean necesarias hasta que ya estén bien incorporadas las nuevas creencias en ti.

CAPITULO 2: Entre reflexiones y dudas: El camino hacia la asertividad.

Cuando Olivia era muy joven y estaba terminando la universidad, llevaba cinco años de ser una novia fiel, afectuosa y siempre pendiente de su novio, con quien habían planeado su futuro. Solo esperaban que ella culminara sus estudios para cumplir sus sueños de casarse y comenzar una vida juntos.

Pero, en las noches, cuando las luces de las casas vecinas entraban por la ventana de su alcoba, haciendo que ella jugara con las figuras que se formaban en su sábana mientras se quedaba dormida, ella se cuestionaba: ¿En realidad, ese es mi sueño ahora? ¿A mi edad, quiero casarme?

En el fondo de su corazón, guardaba un sinsabor. Una emoción difícil de describir, pero que la llenaba de incertidumbre y desasosiego. Se podía sentir, por momentos, como una pequeña presión en el pecho y un nudo en la boca del estómago. Era como una voz que le decía que algo no estaba bien. Una sensación de que a su vida le faltaba algo. Pero esa voz no era lo suficientemente fuerte para estremecerla por dentro, para hacerla reaccionar, para darle valentía que la llevara a tomar las decisiones correctas.

Sentía que ese joven, ese "novio perfecto" no lo era tanto; o quizás sí lo era, pero no para ella. Partiendo de la premisa que nadie es perfecto. La idea es encontrar esa persona que, sin encontrar una explicación lógica, te hace sentir que encaja perfecto con tus cualidades y defectos, y tú en los suyos. No se trata de tener un número determinado de cosas en común, ni de pensar que deben ser totalmente opuestos para que se atraigan. No funciona así.

Haciendo una retrospectiva, Olivia trataba de encontrar una explicación lógica al hecho de que, en ese entonces, no se sentía capaz de tomar las decisiones que debía tomar. ¿Por qué se quedaba callada? ¿Por qué, cuando se atrevía a decirle a su novio que replantearan las cosas y se dieran un tiempo, cedía a los ruegos de él en su afán de persuadirla que cambiara su pensar? Aceptaba seguir con esa relación, sabiendo en el fondo que se sentía sumida en un mar de confusiones y sentimientos encontrados. Por un lado, sentía que lo amaba, que era el chico más dulce; pero, por otro lado, se sentía atrapada, con unas ganas enormes de salir corriendo, escapar de sus "incertidumbres" y vivir en libertad.

Seguía con su remembranza y recordaba que ese sinsabor que invadía su corazón provenía de haberse sentido siempre "obligada" a hacer lo correcto, lo moral y socialmente apropiado. Le habían enseñado a ser estricta consigo misma, cuadriculada, encasillada en ser una jovencita comedida, dispuesta a hacerlo todo bien. "Las cosas se hacen bien o no se hacen", cómo le repetía su madre, sin cuestionar, sin criticar, sin hacer valer su voluntad. ¿En qué momento se fue perdiendo? ¿En qué punto el rumbo de sus sueños, aspiraciones y proyectos de juventud se distorsionó? ¿En qué momento terminó viéndose a sí misma haciendo cosas completamente distintas a las que alguna vez había proyectado o soñado?

Se encontraba sentada en el patio, como solía hacerlo en las tardes, bajo la protección del toldo y mirando cómo el sol se ocultaba en el mar. Seguía viajando hacia su pasado, sus recuerdos, vivencias y errores; intentando encontrar la manera cómo complementarlo con el material que encontraba en los libros que había sacado de la biblioteca para consulta. Se dio cuenta que eso le permitía armar una especie de guía de lo que **no** se debería hacer.

Solo le faltaba un día para la reunión con Tulia, su editora, y no quería retrasarse con el nuevo capítulo. Por eso, decidió acelerar el ritmo de trabajo frente a su computador.

Este análisis le permitió darse cuenta de que aquel "novio perfecto", en lugar de impulsarla hacia sus sueños y animarla a realizarse como mujer y profesional, la había anclado a una vida y a unas circunstancias que nunca planeó vivir. Se vio, entonces, obligada a adaptarse a las realidades que la vida le presentaba cada día, aprendiendo a sobrellevar una situación que no era la suya por elección, sino por necesidad.

Pero ¿sería justo culparlo a él? No tenía los recursos, ni físicos ni emocionales, para "seguirle el paso" a su amada y volar con ella hacia sus metas y sueños. Aunque esto hubiera sido lo ideal, el hecho de que ella se sintiera insatisfecha en esa etapa de su vida y que percibiera que ese "novio perfecto" no encajaba en sus deseos y proyectos, ¿la convertía en una joven despiadada?

Él había propuesto proyectos y una vida para compartir juntos, y dio todo lo que tenía para ofrecer, fuera mucho o poco, bueno o malo. Pero, en ese momento, para Olivia, no era lo que realmente deseaba en lo más profundo de su corazón. Sin embargo, quien decidió no decir "no" fue Olivia. Como decían las abuelas: "El hombre propone, y la mujer dispone."

El deseo de construir la vida que ella había soñado, sin su "novio perfecto" en la ecuación, la hacía sentir precisamente así: despiadada. Recordaba que cada vez que reunía un poco de valentía para comentar a sus amigas de aquella época y a algunos familiares que no estaba segura de casarse, sus palabras eran recibidas con asombro. Si mencionaba que a veces dudaba de si él era el hombre adecuado para compartir su vida, o que sentía que estaba muy joven y quería hacer más cosas antes de comprometerse, se encontraba con respuestas que la hacían sentir equivocada.

Les decía que quería volar sin ataduras, ordenar sus ideas, tomarse un tiempo, seguir estudiando. En ese momento decisivo de su vida, sentía que aún le faltaba tanto por hacer, tanto por vivir. Pero cada vez que se atrevía a mencionar esas inquietudes, las personas la miraban con sorpresa, como si pensaran: "nuestra amiga se volvió loca", seguido de un sinfín de frases que casi sonaban a reclamo:

—No seas tonta, Olivia. Muchas mujeres se morirían por tener un novio como el tuyo. —Definitivamente nadie sabe lo que tiene hasta que lo pierde. Cuando ya no esté a tu lado, te vas a arrepentir. —¿Qué más quieres? Dejó todo por ti: su ciudad, su familia... ¿y tú lo quieres dejar? ¡¡¡Estás loca!!!

Esta última afirmación era la que más retumbaba en su cabeza, cargada de una culpa tan grande que casi podía sentir un peso físico y pesado sobre sus hombros. ¿Cómo tenía la osadía, siquiera, de pensar en romper su relación con el "novio perfecto" después de todo lo que él, voluntariamente, había hecho por ella?

Terminaba siempre autoconvenciéndose de que era la mujer más afortunada del mundo. Así, sin darse cuenta, se vio casándose, trabajando en un lugar que nunca soñó, viviendo en una casa que no planeó, y enfrentando conflictos que jamás imaginó. Finalmente, después de veinte años de matrimonio y dos hijos, culminó divorciándose.

Qué triste cómo esas creencias y pensamientos pueden influir tanto en una persona, hasta el punto de paralizarla mentalmente, dominarla e impedirle decir un simple NO, sin miedo. Una palabra tan corta, tan sencilla, incluso insignificante: solo dos letras que podrían cambiar el rumbo de todo. ¿Temor a herir?, ¿temor a defraudar?, ¿temor a quedar mal? ¿O temor a qué exactamente?

—¿Será que mi historia es más común de lo que se piensa? ¿Será que más mujeres de las que imagino viven una vida que no quieren vivir? —se cuestionaba Olivia en voz alta mientras le compartía su escrito a Tulia, quien lo leía lentamente.

Olivia dejó pasar unos minutos en silencio para permitir que Tulia se concentrara, y mientras tanto, refrescó su mente con un vaso de limonada. Disfrutando del sabor cítrico, seguía ordenando sus ideas y preparándose para responder las preguntas de su editora. Siempre trabajaban en su oficina, una alcoba pequeña del primer piso que habían adecuado con un escritorio que su esposo ya no usaba en su empresa, pero cuya madera aún estaba en perfecto estado. Olivia había querido darle un toque cálido de hogar al instalar una cortina con estampado de hojas de árboles y una planta "Lirio de la Paz" en un rincón junto a la ventana. Estaba convencida de que eso la ayudaba a recuperar la calma y la concentración.

En la habitación había una biblioteca llena de libros que Olivia había conservado de su época universitaria y otros que había adquirido a lo largo de sus años como lectora desilusionada, pues sus labores de madre y ejecutiva le robaban demasiadas horas al único hobby que aún conservaba de su niñez. Ahora, con este proyecto, había aumentado la cantidad de ejemplares, lo que la llenaba de emoción, sumado a su llamada de manera jocosa "independencia materna".

—Me gusta el enfoque que le estás dando a este capítulo. ¿Cómo lo llamarías? —preguntó Tulia, levantando la mirada del papel.

—Aun no lo tengo claro, pero lo que sí sé es que estará relacionado con la "asertividad". Definitivamente eso fue lo que me faltó en esa etapa de mi vida. Llegué a la conclusión de que la baja autoestima que manejaba en aquel entonces jugó un papel crucial. Era como si se alimentara de un sentimiento muy nocivo, que, incluso hoy, intenta asomarse en mi vida. Le cuesta aceptar que no soy la misma Olivia que acompañó durante tantos años. ¿Sabes de qué hablo? —preguntó Olivia, con un tono reflexivo.

—Viendo lo que escribiste después, creo que sí —respondió Tulia, aún concentrada—. La inseguridad.

—Así es. Y agregué un concepto que la define y que me gustó mucho. ¿Está bien? —preguntó Olivia con curiosidad.

—Sí, está muy claro. Dices que la inseguridad emocional es una sensación de nerviosismo o temor, que puede estar asociada a muchos contextos. También mencionas que puede ser desencadenada por la percepción de vulnerabilidad, lo que amenaza nuestra autoimagen. Además, la inseguridad conlleva una autodevaluación de la propia capacidad —respondió Tulia, asintiendo mientras revisaba el texto.

—Exacto, todo está relacionado —afirmó Olivia, sentándose a su lado y compartiendo su descubrimiento—. La inseguridad, la baja autoestima y la falta de asertividad van de la mano. Cuando te quedas atrapada en esa mentalidad de que no importas lo suficiente y de que no tienes razones para creer en ti misma, pierdes el foco de tus metas, de tu propósito de vida y hasta del sentido de tu existencia. Es como si la luz que hay dentro de ti empezara a apagarse, y de pronto ya no tienes la energía para perseguir y luchar por tus sueños.

—Encuentro muy conmovedor cómo describes esos momentos en los que comenzabas a imaginar la vida que querías, tomando las decisiones que querías tomar, pero entonces llegaba esa vocecita que derribaba tus sueños sin que te dieras cuenta. La vos tuya y las voces que estaban al rededor tuyo y que tenían gran influencia sobre ti. Cada vez esas voces crecían más y se apoderaban de tus pensamientos y decisiones —dijo Tulia, logrando entender lo que había vivido, mientras seguía leyendo el manuscrito.

—Es cierto, Tulia. Viendo en retrospectiva, toleré tantas cosas, pospuse tantas decisiones y cancelé tantos planes por mi falta de asertividad —respondió Olivia, con un aire de reflexión acompañado de un suspiro—. Sentía que me estaba convirtiendo en una versión de mí que no me gustaba. Y esa inconformidad, poco a poco, fue cambiando mi carácter.

—Sí, Olivia, lo veo claramente en lo que escribiste. Es muy fácil de entender. Una persona es asertiva cuando es capaz de defender sus derechos personales, como decir NO, expresar desacuerdos, dar una opinión contraria o mostrar sentimientos negativos, sin dejarse manipular ni manipular a los demás, y sin violar los derechos de nadie —afirmó Tulia, satisfecha con la claridad del texto.

—Tienes razón, y es crucial resaltar que la conducta asertiva no siempre busca generar un cambio en los demás, aunque a veces lo logra. Ese no es el objetivo central —explicó Olivia—. Lo más importante es expresar los sentimientos y emociones de manera adecuada, por supuesto. Porque, a veces, en el afán de ser asertivos, algunas personas pueden exagerar y caer en la agresividad.

Hizo una pausa y se dio cuenta de que, para organizar mejor sus pensamientos, le resultaba más fácil ponerse de pie y caminar hacia la ventana que daba al patio. Entonces continuó:

—Como ya mencioné antes, nadie dice que sea fácil. Todo es un proceso, y la idea es que poco a poco tomemos más conciencia sobre cómo reaccionamos, cómo interpretamos lo que nos sucede, y el significado que le damos a nuestras experiencias diarias. Me costó mucho trabajo entender que algo no estaba bien dentro de mí. Esa impotencia acumulada por no haber sido fuerte y decidida en su momento, por no defender lo que yo realmente quería, me llenaba de frustración y rabia, principalmente contra mí misma. Aunque era consciente de que fui yo quien decidió seguir con la vida que estaba viviendo, de alguna forma también lo culpaba a él. Proyectaba esa molestia hacia su persona y hacia todo lo relacionado con él.

—Pero, según lo que me has contado sobre los problemas que ustedes tenían como pareja, está claro que él tampoco se portó muy bien del todo— interrumpió Tulia, intentando ayudarle a su amiga y cliente a desahogarse, consciente de que lo que Olivia estaba soltando era muy poderoso.

—Así es, querida Tulia— asintió Olivia sentándose de nuevo a su lado— Siento que él no colaboraba en suavizar esa frustración o resentimiento latente que yo podía sentir. Si me hubiera apoyado ante los ataques de su familia, si me hubiera respaldado en mis decisiones o en la manera en que quería manejar ciertas situaciones, tal vez habría recibido esa vida que no escogí con otra actitud. Quizás con resignación, pero al menos conforme y agradecida.

El me dejó sola en muchos proyectos y situaciones. Como un niño pequeño que se esconde detrás de las faldas de su madre, yo sentía que él se escondía detrás de mí en muchas circunstancias, dejándome sola para enfrentar adversidades y momentos difíciles. Eso me obligó a desarrollar rasgos de mi personalidad que ni siquiera conocía, o que nunca imaginé que pudieran ser tan agresivos. Estaba como desbocada.

—Es tremendo eso que cuentas Olivia—dijo Tulia poniéndole la mano en el hombro al notar que su voz quebraba y su mirada perdida buscaba un punto fijo donde descansar— sumado a la frustración que podrías sentir al llevar una vida que no escogiste, esa misma vida que tu exesposo también estaba construyendo, no te daba las bases ni las fuerzas para transformar esa nube gris en un sol radiante con arcoíris.

Olivia no podía estar más de acuerdo con la comprensión de Tulia. Ella sentía que él la había abandonado a su suerte. Se habían casado jóvenes, con las emociones aun a flor de piel tratando de ajustarse a un proceso de crecimiento y madurez en medio del ímpetu de la juventud que todavía los invadía. Ella no sabía cómo manejar ese rio de emociones que inundaba su alma. Su mente no sabía cómo controlar sus pensamientos, y todos salían desordenadamente, tropezándose unos con otros, envueltos en ira, enojo, frustración, impotencia y desesperanza. ¿Qué positivo podía salir de todo eso?

Con el tiempo, se fue convirtiendo en una mujer poco cariñosa, gruñona, gritona e irritable. Y como si eso fuera poco, Olivia no se sentía para nada a gusto con la mujer en que se había convertido.

—Mi intención no es justificarte Olivia, pero pasaste por mucho. Sin mencionar con tus cambios hormonales durante tus dos embarazos y la depresión post parto en cada uno. Eso también juega un papel importante en los cambios de carácter de una mujer a lo largo de su vida.

—Ni que lo digas Tulia. Me haces recordar un día, en el cumpleaños de mi ex. Mateo tenía un poco más de un mes de nacido y lo sostenía en mis brazos. Después de atender una llamada de su madre, él vino a mi cuarto, muy campante, y me dijo que no me amaba, que estaba solo conmigo por mis hijos— contó Olivia mientras servía una taza de café para ambas.

—¿Crees que lo que te dijo fue influenciado por tu exsuegra? —preguntó Tulia, sorprendida.

—No te quepa la menor duda. Yo lo conocía tan bien que podía distinguir cuándo sus palabras eran suyas y cuándo eran impuestas por ella. Así de influenciable era y tan falto de criterio— respondió Olivia ya más tranquila, mientras terminaba su café— Mira hasta qué punto la falta de asertividad y baja autoestima pueden adueñarse de tu existencia y paralizarte.

Tulia guardó silencio prefiriendo esperar que Olivia respirara, ordenara sus pensamientos y recuerdos antes de seguir compartiendo. Mientras tanto, ella permanecía lista frente a su laptop.

—No fui capaz de irme de ahí. Literalmente sentí que el piso se abría bajo mis pies— continuó Olivia — Me levanté del mecedor, puse a Mateo en la cuna y empecé a llorar desconsoladamente. Sentí un apretón muy fuerte en el pecho, tanto que me dolía y me costaba respirar. Terminé arrodillada frente a la cama preguntándole desgarrada: "¿Qué te hice para que me digas esto? Dime, ¿me lo merezco?"

—¿Y qué te respondió? ¿te abrazó? ¿se disculpó? — preguntó Tulia intentando imaginar el dolor de su amiga.

—Jamás. En ese momento, me dejó sola en la habitación. Esa noche, como era su cumpleaños, toda mi familia y algunos amigos llegaron a casa a felicitarlo. Él estaba feliz, recibiendo abrazos, regalos, sonriendo como si nada. Y yo tuve que aguantar las ganas de gritar y salir corriendo. Fue en ese instante cuando algo se rompió dentro de mí. Cómo te mencioné antes, sentí que mi luz comenzaba a apagarse, junto con la energía que tenía para luchar y perseguir mis sueños.

Así pasaron los años, con Olivia sintiendo que vivía en modo automático. Buscaba en sus valores y principios inculcados la fuerza y las razones que le dieran una respuesta lógica para no rendirse y continuar. Durante esos años, se miraba en el espejo y veía a una mujer guapa, ejecutiva, determinada, ambiciosa, perseverante, inteligente, y tenaz en el cumplimiento de sus objetivos laborales. Pero, a pesar de esa imagen exterior, lo que realmente percibía era a una mujer derrotada, que había perdido su atractivo físico y la energía para luchar. Se anulaba completamente, convencida de que era incapaz de enfrentar la vida sola con dos niños pequeños.

Permitir que su falta de asertividad y baja autoestima la siguieran acompañando durante esos años fue una constante. Hasta un poco después del divorcio, cuando Mateo tenía cinco años, sintió que tocó fondo en su desesperanza, y cómo pudo, hizo un *pare* en su vida y pidió ayuda.

—Gracias a Dios que puso en mi camino a excelentes profesionales que me empujaron a seguir adelante sola con mis pequeños y una red de apoyo maravillosa. Solo así pude construir, por fin, una vida en mis propios términos— contó Olivia, esbozando una sonrisa de satisfacción.

Ahí, sentadas una al lado de la otra, no pudieron evitar darse un abrazo lleno de fraternidad, empatía, camaradería y sororidad. En medio de ese momento conmovedor, se regalaron una sonrisa. Después de unos segundos, Olivia se puso de pie y retomó su exposición sobre el contenido para el libro, haciendo gestos con las manos y enfatizando cada palabra:

—Cuando una persona incorpora la conducta asertiva en su vida y la practica lo suficiente, esa capacidad de defenderse o expresarse de manera asertiva se automatiza. Al principio se hace de manera muy consciente, incluso un poco mecánica, pero con el tiempo se convierte en un hábito. Ya no es necesario "pensar tanto" antes de actuar. Por eso es tan importante tener una buena autoestima. "Para hacer valer mis sentimientos y exigir respeto, primero debo respetarme a mí misma". Debo reconocer lo que me hace valiosa, quererme y sentirme digna de amor y respeto.

Olivia hizo una pausa para dejar que sus palabras calaran, luego continuó:

—Es un proceso lento pero enriquecedor, y la constancia es clave cuando se cuenta con apoyo terapéutico. Por mi experiencia, a veces sentía que avanzaba dos pasos y retrocedía uno, pero eso es parte del proceso. Es inherente al descubrimiento e identificación de los recursos que ya tenía dentro de mí y que me servirían de soporte para construir una nueva autoestima que, en ese momento, estaba muy destruida.

Tulia asentía con cada idea mientras escribía rápidamente en su computador.

—Olivia, ¿qué te parece la idea de incluir algunos consejos o herramientas para ayudar a tus lectoras a ser más asertivas?

—Precisamente, aquí las tengo en otro archivo. — Respondió Olivia sonriendo — Te las envío por correo para que las revises.

—Perfecto, ya las estoy leyendo y parecen muy fáciles de seguir:

1. **Comienza con algo pequeño**: Si la idea de ser asertivo te genera ansiedad o inseguridad, empieza con situaciones sencillas y de bajo riesgo. Por ejemplo, yo empecé expresando mis opiniones a mi familia, compañeros de trabajo y amigos. Estas experiencias te ayudarán a ganar confianza y seguridad.

1. **Empieza diciendo no**: En el camino hacia la asertividad, el "no" es tu mejor aliado. Es fundamental aprender a decirlo cuando no puedes satisfacer ciertas peticiones y debes empezar a establecer límites. Es probable que algunas personas se sientan decepcionadas ante esta nueva dinámica, pero recuerda que mientras expreses tus necesidades de manera respetuosa, no eres responsable de su reacción. Esta es una de las que más me costó, pues por lo general uno vive a expensas de la aceptación y afirmación social, pero aprendí que, usando las palabras adecuadas, con un gesto gentil y buena entonación, se puede. Recordé que no es lo que digo, sino cómo lo digo.

1. **Sé simple y directo**: Haz tus peticiones de forma sencilla y clara. No es necesario ofrecer explicaciones elaboradas; basta con expresar cortésmente lo que piensas, sientes o deseas.

2. **Utiliza el lenguaje corporal y el tono de voz**: Es fundamental parecer seguro al hacer una solicitud o expresar tu opinión. Mantente erguido, inclínate un poco, sonríe y mira a la persona a los ojos; estas acciones denotan seguridad. Además, asegúrate de hablar con claridad y en un tono de voz lo suficientemente alto.

3. **Sé persistente**: Cuando enfrentes situaciones en las que tus solicitudes no obtienen respuesta, no te conformes con una negativa diciendo: "Al menos lo intenté". A menudo, para ser tratado con justicia, necesitas ser persistente. Por ejemplo, si me cancelaban un vuelo, yo seguía indagando sobre otras opciones, como ser transferido a otra línea aérea, para llegar a tu destino a tiempo. Pero recuerda, siempre con buen tono.

4. **Mantén la calma**: Si alguien no está de acuerdo o desaprueba tu elección, opinión o solicitud, evita enojarte o ponerte a la defensiva. Es mejor buscar una respuesta constructiva y tratar de evitar que la situación derive en un conflicto que pueda afectar tu relación con esa persona, especialmente si forma parte de tu entorno cotidiano. Recuerda que el objetivo de ser asertivo no es cambiar a los demás, sino expresar tus opiniones y necesidades.

5. **Elige tus batallas**: Un error común en el camino hacia la asertividad es intentar ser firme en todas las situaciones. La asertividad no es aplicable a todo; en algunos casos, puede ser más sabio y necesario reprimir tus sentimientos. A veces, el silencio y la prudencia son parte de una conducta asertiva.

—Excelente Olivia. Creo que con estos contenidos estás alcanzado los objetivos propuestos al iniciar este proyecto— le decía Tulia mientras gestionaba la inclusión del material en el manuscrito.

—Si Tulia, pero considero importante aclarar que estos "consejos o herramientas" son solo una guía para que cada persona enfoque las acciones que decide tomar en su nuevo camino. La asertividad es un comportamiento que se aprende y que se desarrolla de manera progresiva a medida que se practica e incorpora conscientemente en las experiencias del día a día.

—Totalmente de acuerdo Oli. Entiendo que ser asertivo no resolverá todos tus problemas, pero aprender a serlo, te hará sentir más confiada y te permitirá comunicarte de una manera más efectiva...

—Claro Tulia. Eso es lo más hermoso de todo proceso de crecimiento y desarrollo personal: cuando trabajas en algo específico que deseas mejorar, se abren posibilidades para descubrir, desarrollar y mejorar otros aspectos de ti que quizás no habías considerado. Todo esto hace que disfrutes del proceso.

Y como complemento de las "herramientas" que te acabo de compartir, quiero agregar un "Cuadro de Emociones" como un ejercicio práctico que los profesionales que estuvieron a mi lado me lo entregaron, y a mí me sirvió mucho en mi proceso de transformación. Estoy segura de que las lectoras van a apoyarse en su propósito de ser más asertivas. Ven y te lo muestro junto con las instrucciones que lo acompañan:

SITUACION	CUANDO FUE	QUE EMOCION SENTISTE	DONDE ESTABAS	CON QUIEN ESTABAS	QUE MANEJO LE DISTE

En este cuadro vas a escribir cada día sobre tus interacciones diarias. Describe las emociones que sientes, el lugar y si estabas sola o acompañada. Si fueron asertivas esas interacciones o no. Escribe el manejo que le diste a la situación y si no fue asertiva, qué pudiste haber hecho diferente.

Esta práctica te confronta mucho, pero igual te dará una mejor comprensión y conciencia de tu comportamiento, y de los contextos en donde se presentan. Entonces a partir de esos descubrimientos, junto con la persona que te esté guiando, decidirás qué acciones tomar y te ayudará a mejorar.

—Así mismo es Olivia...ese cuadro me parece el complemento perfecto para ayudar a tus lectoras en su proceso introspectivo— opinaba Tulia emocionada— mira que hemos avanzado mucho esta tarde ¿te parece que dejemos hasta aquí por hoy y continuemos la próxima semana?

Olivia estuvo de acuerdo en dejar hasta ahí su proceso de escritura de ese día porque también notó que ya estaba oscuro y necesitaba descansar. Resolvió cerrar su laptop y guardar sus escritos y libros en su oficina pensando en continuar temprano al día siguiente. Pero contrario a lo que había planeado, casi toda la mañana se la pasó entre el gimnasio, donde le encantaba nadar y hacer cardio; y luego, caminando entre las librerías de su ciudad en busca de libros que alimentaran sus deseo de aprender y complementara su proyecto de libro.

En la tarde, mientras escribía desde su oficina, notó que el otoño había llegado y la obligaba a salir ver los atardeceres con menos frecuencia. Pensaba en sus hijos y lo mucho que los extrañaba. Hacía más de un año que no los veía, desde su segundo matrimonio. Natalia y Mateo ya se habían establecido en ciudades distintas y lejanas, y aunque la modernidad y tecnología prometían mantenerlos conectados, paradójicamente, la necesidad de verse disminuía cada día más, a pesar de que ella lo solicitaba frecuentemente.

Se sirvió un café y disfrutaba el aroma que salía de la taza mientras miraba a través de la ventana de la cocina y escuchaba la bocina de un auto que no le era familiar. Extrañada, se levantó y caminó hacia la puerta de su casa para verificar si era algún amigo ruidoso del vecindario. Una sonrisa se dibujó en su rostro al darse cuenta de que era su hijo menor, Mateo, quien se afanaba en saludarla y mostrarle su nueva adquisición.

—¡Hijo mío, que sorpresa me has dado! ¡Qué rico que estés acá visitándome y con tu auto nuevo! — exclamó Olivia mientras caminaba hacia el coche aun con la taza caliente de café en su mano.

—Hola, madre, ¿Cómo vas? — respondió Mateo, abrazándola y dándole un sonoro beso en su mejilla- he tenido que hacer un trabajo por un par de días en la ciudad y quise aprovechar para visitarte. ¿Puedo quedarme aquí en tu casa?

—Por supuesto Mateo. Ven y me acompañas a tomar café.

Al ingresar a la sala, Mateo echó un vistazo hacia la oficina y decidió acercarse a ver en qué andaba su madre. Se alegró al ver que ella se encontraba nuevamente escribiendo en el computador. Olivia le relató lo enriquecedor que estaba siendo este nuevo capítulo de su vida al intentar escribir un libro en su etapa de recién casada. Mateo torció la boca en una mueca que simulaba una sonrisa.

—Dime hijo, ¿qué es lo que te preocupa realmente? No es tu trabajo porque sé que lo estas manejando espléndidamente.

—Madre no dejas de sorprenderme con la manera en que me conoces. Por más que me esfuerzo en fingir contigo, no logro engañarte— dijo mientras se servía otra taza de café y se acomodaba en el confortable sillón frente a su madre que seguía sentada en su escritorio.

—Se trata de Sofía, la amiga de Natalia. No te alarmes, ella está bien de salud—añadió casi de inmediato al ver la expresión preocupante en el rostro de su madre y prosiguió— Lleva unas semanas saliendo con un joven que no le agrada mucho a Natalia. Bueno, a mí tampoco.

—¿Y por qué ella misma no me llamó y me lo contó, sino que me manda recado contigo?

—Si madre, tienes razón. Pero quisimos aprovechar que yo estaría en estos días en la ciudad y no es tema para chatear o hablar por teléfono— confesó Mateo, lo que hizo que Olivia frunciera el ceño, inquieta por la situación.

Olivia lo invitó a que la acompañara a la cocina y que le ayudara a preparar la cena, mientras cerraba todas las puertas y ventanas de la casa, pues ya empezaba a oscurecer y la temperatura comenzaba a bajar a esa hora.

—Bueno hijo, ahora sí con calma relátame lo que los tiene tan inquietos; pues me imagino que si no hubiera sido por esta razón no te hubieras resuelto a venir.

—Madreeee —le reclamaba al tiempo que cortaba las verduras en una tabla sin mirarla para no perder la concentración y prosiguió— no dañes este momento íntimo entre madre e hijo con tus quejas— lo que provocó una de las usuales risotadas de Olivia que la habían caracterizado toda su vida.

—Bueno está bien— se disculpó— prometí no reclamarles acerca de ese tema y me esfuerzo por cumplirles, aunque me cuesta a pesar de que Naty tiene 27 años y tú 25 siempre serán mis bebés... prosigue por favor.

—No sé si hace unas semanas o algo más de un mes Sofía está saliendo con un joven que no nos inspira confianza. No tiene un proyecto definido en el que lo veas concentrado. Está con ella todo el tiempo, como muy desocupado. Siempre que lo veo luce ropa deportiva.

—Lo de la ropa no significa nada Mateo, a lo mejor le gusta hacer deporte.

—Pero ¿todo el día?

—¿No será entrenador deportivo?

—No mami no lo es, tampoco estudia algo en la actualidad. Sofia nos dice que está concentrado en un proyecto y por eso no quiere distraerse haciendo otras cosas, pero, te repito, se la pasa con ella todo el tiempo y la acompaña a todas partes, la va a buscar donde ella esté y la lleva donde ella la necesita. Se muestra muy absorbente.

—Si, está como raro, ¿cierto? — preguntaba Olivia mientras revisaba lo que estaba cocinando, levantando la tapa para asegurarse que no se pasara de cocción.

—Además, noto a Sofía más delgada y su mirada más apagada. A veces cuando le decimos que nos veamos por video llamada no nos prende su cámara diciendo que esta desarreglada o dice alguna otra excusa y tememos que nos quiera esconder algo que no quiere que veamos.

—Entiendo todo lo que me estas contando, pero ¿Qué necesitan que yo haga?

—Queremos pedirte que hables con ella. Sofia te quiere mucho, desde que estudiaba con Naty en la escuela y siempre te pide consejos y te escucha. ¿Tendrás unos días libres? Aprovechas y ves a Naty.

—¿Crees que sea necesario que yo la visite? No sea que se vaya a enojar— preguntaba mientras resolvía bajar la cena de la estufa al cerciorarse que ya estaba lista— aunque eso me tocaría hablarlo, tú sabes que ya no soy una mujer soltera— terminó diciendo entre risas.

—Yo creo que si mamá, tus consejos le vendrían bien a Sofía. Aunque ella no los pida, siempre serán bien recibidos, y de verdad, los necesita.

Olivia permaneció unos minutos mirando a través de la ventana mientras pensaba en voz alta en la manera de decirle a su esposo que se ausentaría por unos días.

Mateo, visiblemente más aliviado, esbozó una sonrisa de agradecimiento mientras ambos se sentaban a cenar. Durante la comida, la conversación derivó hacia temas más ligeros, recordando anécdotas familiares y compartiendo risas. Pero en el fondo de la mente de Olivia, las preocupaciones sobre Sofía seguían rondando.

Al finalizar la cena, mientras recogían la mesa, Olivia se dijo a sí misma que debía encontrar la mejor manera de abordar la situación con tacto y cariño, como siempre lo había hecho con sus hijos y las personas cercanas a ellos.

—Mañana hablaré con mi esposo —pensó—. Si todo sale bien, tal vez pueda arreglar una visita para la otra semana. Ver a Naty y de paso hablar con Sofía.

Sabía que no podía interferir demasiado en la vida de los demás, pero también reconocía que había momentos en los que una intervención oportuna podía marcar la diferencia.

—Gracias por confiar en mí, hijo —dijo finalmente mientras le daba un abrazo.

—Gracias a ti, mamá, por siempre estar ahí —respondió Mateo con cariño.

Olivia sonrió, sabiendo que, aunque la vida seguía trayendo desafíos y situaciones inesperadas, el amor y la comunicación con sus seres queridos eran las constantes que siempre la guiaban.

CAPITULO 3: Lecciones de amor y fortaleza: Consejos de corazón a corazón.

—¡Mamá, que sorpresa! —exclamaba Natalia al ver a su madre en el umbral de la puerta del departamento donde vivía— pasa, no sabía el día exacto en que vendrías.

—Tranquila Naty, más bien disculpa que no te avisé y yo sé que no te gustan mucho las sorpresas— afirmaba Olivia mientras veía un poco asombrada todas las cosas de Natalia tiradas a lo largo de la sala dejando ver que hacía muchos días nadie ordenaba aquel lugar.

—No te preocupes, mami, tranquila— respondía mientras rápidamente recogía cada cosa y trataba de ponerla en su lugar— es que yo sé que no te gusta el desorden y tú sabes que yo soy una mujer muy ocupada y no me queda tiempo para nada.

—Yo sé mamita te entiendo— le respondía cariñosamente Olivia para aminorar la tensión que ella sabía lo que esta situación causaba en su hija— mira mi maleta chica, estaré pocos días. ¿Tú crees que me dejarían venir por más tiempo? —bromeaba al tiempo que reía y se sentaba en una esquina del sofá que no tenía cosas encima.

—Es cierto eso. Mami, Sofía está terminándose de arreglar y en cualquier segundo sale — dijo Natalia a su madre en susurros— yo me voy con ella aprovechando que su novio Sergio la pasó a recoger.

Sofía salió sonriente del dormitorio a saludar a Olivia con un fuerte abrazo acelerada con el maquillaje en la mano. Natalia le hacía señas a Olivia, sin que Sofía se diera cuenta, que se asomara en la ventana para que viera a Sergio.

—Se nos hizo tarde para ir al trabajo. Discúlpanos por dejarte sola. — dijo Sofía tirando besitos al aire. — Ya nos veremos en la noche.

Olivia sonreía mientras corría a asomarse a la ventana intentando verlo desde ahí.

—Vete tranquila que yo aprovecho para organizar su departamento un poco— contestó Olivia en voz alta pues ya había salido del departamento, pero habían dejado la puerta abierta— y antes que me digan algo, despreocúpense que no husmearé en sus cosas, solo ordenaré por encima.

Mientras Natalia y Sofia corrían hacia el ascensor, Olivia se acercó al ventanal, presionando su mejilla contra el vidrio para ver mejor a Sergio. Quería analizarlo de pies a cabeza. Le pareció ver que el muchacho estaba un poco ansioso y desesperado esperando recostado en su auto viendo su reloj y le disgustó un poco al notar su gesto de impaciencia que parecía no encajar con el cariño que esperaba ver. Le reclamaba por algo, manoteando vivamente sus manos, mientras se subían y ponía en marcha su auto.

Al observar a Sofia, cómo, además de tolerar su actitud, se afanaba por darle explicaciones en tono casi suplicante. Ver su actitud le hizo preguntarse si Sofía estaba realmente feliz o si simplemente intentaba convencerse de que todo estaba bien.

Horas después ya Olivia se encontraba ultimando detalles de la cena que había preparado y poniendo la mesa, cuando se encontró con el rostro de asombro de Natalia al abrir la puerta y encontrarse con un departamento impecablemente limpio y lo que era mejor, con aroma a limpio.

—¡Guau mami!, que detalle, mil gracias. Hasta flores pusiste en la mesa de comedor. ¡Qué bello Sofia! ¿te gusta?

—Naty querida, me sobró tiempo así que caminé un poco por el barrio y me encontré con una floristería a dos calles y bueno, quise embellecer un poco tus espacios, además que la chica que atiende fue muy amable. Ahí aprovechamos y charlamos un poco.

—Bueno mami, huele delicioso la cena y tengo mucha hambre así que no demos más vueltas y sentémonos—afirmó Natalia al tiempo que, junto con Sofía, ayudaban a servir los platos y se sentaban.

Ya luego de cenar y hablar del viaje de Olivia y cómo estuvo su día de trabajo, llenó el espacio un silencio por unos segundos a lo que Sofia se resolvió a preguntar:

—Señora Olivia, imagino por qué ha venido, pero quiero que me lo diga usted —dijo Sofía, en un tono terminante, pero con una mirada que no podía evitar ser dulce. Aunque le guardaba a Olivia un profundo afecto y respeto, no dejaba de sentirse incómoda por su visita y la creciente sospecha de sus intenciones.

—Sofy, me conoces bien y sabrás que no me ando con rodeos —empezó Olivia, soltando un suspiro—. Aunque hemos estado un poco distantes últimamente, tú sabes que yo te quiero mucho. He notado que últimamente no pareces tú misma, y quiero ayudarte en lo que necesites. Eres la mejor amiga de mi hija, y aunque ya seas una mujer adulta, para mí siempre serás esa niña que venía a casa a jugar, que junto a Naty armaba coreografías en la sala con los videos de YouTube. —Olivia hizo una pausa para llenar los tres vasos de limonada, su mirada se suavizó mientras una sonrisa se dibujaba en su rostro—. Mientras yo pueda cuidarlos y ayudarlos, lo haré, aunque Mateo y Naty me digan que soy sobreprotectora.

Sofía la miraba en silencio, su nerviosismo aumentando. Sospechaba desde hacía días que esa "visita casual" de Olivia había sido un complot orquestado por Natalia y su hermano, preocupados por su relación con Sergio. Ya se habían enfrentado varias veces por ese tema. ¿Debía enojarse con ellos? ¿No era esto una invasión a su vida privada? Su mente se debatía entre la rabia y la gratitud. ¿Debería agradecer que se preocupaban por ella o debería ponerles un límite?

Por su parte, Natalia observaba la escena con tensión. Sabía que había sido arriesgado pedirle a su madre que hablara con Sofía, especialmente después de los desacuerdos que habían tenido en los últimos meses. Temía que todo saliera mal. "¿Y si Sofía se molesta? ¿Y si esta intervención solo empeora nuestra amistad?", pensaba. Pero también, algo dentro de ella le decía que, siendo su mejor amiga desde la infancia, valía la pena intentar ayudarla, aunque corriese el riesgo de equivocarse.

Olivia no podía evitar sentirse intimidada por las miradas filosas de sus espectadoras. Aun así, decidió continuar. Inspiró profundamente, sabiendo que lo que estaba por decir no sería fácil de escuchar para Sofía.

—No quiero que te pongas a la defensiva conmigo, pero me preocupa lo que he visto. No te estoy juzgando, simplemente quiero lo mejor para ti —su voz se suavizó, mostrando la calidez de sus intenciones—. Desde el fondo de mi corazón, quiero regalarte lo que la vida me ha enseñado, de mi experiencia, de lo que Dios ha puesto en mi corazón para que te diga. Y, de verdad, espero humildemente que lo aceptes con cariño.

Sofía jugueteaba con sus dedos, un gesto que Olivia no pasó por alto. Estaba nerviosa. Se inclinó un poco más hacia Natalia, buscando su apoyo, y luego miró a Olivia con una mezcla de inquietud y ansiedad.

—Señora Olivia, ya me puso nerviosa —dijo Sofía, intentando sonar tranquila—. Dígame, ¿qué le preocupa?

—Hijita, me tiene un poco inquieta tu relación con... ¿Sergio es que se llama? —Olivia hizo una pausa breve, midiendo sus palabras—. Mateo fue a mi casa y me contó algunas cosas...

—Señora Olivia, usted sabe que Mateo es mi "hermanito" celoso que no le gusta nadie con quien salgo, y a veces exagera —replicó Sofía, en tono defensivo, aunque con una pequeña sonrisa que intentaba restarle importancia al asunto.

—Tienes razón, Sofy, él es así. Tiene celos con Natalia, conmigo, con todas. Pero, aun así, mi intuición de madre me dijo que viniera a verte. Observé a Sergio cuando te esperaba, y aunque estuviera atrasado, la manera en que te hablaba y la expresión en su rostro no me parecieron adecuadas.

Sofía desvió la mirada, su rostro tensándose un poco más, mientras trataba de justificar la situación.

—Él no era el atrasado, la atrasada era yo... y él se desespera por mí porque se preocupa —respondió en voz baja, mirando hacia otro lado.

—Con más razón, hija. Tú siempre dices que eres una mujer adulta responsable, y estoy segura de que lo eres. Sabes que debes llegar puntual a tu trabajo, ¿verdad? ¿Él no lo sabe? —preguntó Olivia con suavidad, pero con firmeza.

El silencio de Sofía, ahora mirando fijamente al suelo, le dio a Olivia una señal. No estaba incómoda solo por las preguntas, sino porque no encontraba respuestas que justificaran lo que estaba viviendo.

Olivia aprovechó esa vulnerabilidad momentánea para seguir, acercándose emocionalmente a ella.

—Hija, a veces, cuando nos enamoramos, parece que el amor no pudiera existir sin dolor. Como si nos gustara esa mezcla de placer y sufrimiento, como si fuera un precio necesario para disfrutar de los momentos felices —Olivia hizo una pausa, observando cómo las palabras calaban en Sofía—. Pero me temo que has extendido demasiado los límites de tu resistencia. Siempre fuiste soñadora, querías volar y alcanzar tus metas sin que nadie te detuviera. Yo te vi crecer con esa determinación... pero no puedes permitir que nadie corte esas alas.

Sofía seguía evitando la mirada de Olivia, sus ojos fijos en el suelo, pero las palabras resonaban en su interior. El conflicto era evidente. Sabía, en el fondo, que algo de lo que decía Olivia tenía razón, pero aún no estaba lista para admitirlo.

—Pero Señora Olivia ¿Por qué habla en pasado? — dijo Sofia con la voz ligeramente quebrada— si aun sigo viviendo de esa manera, ¿o no?

—Porque siento que no te das cuenta de que este jovencito no es el hombre que te conviene ni te deja ser tu misma — dijo Olivia suavemente— siento que te pones nerviosa cuando él está cerca.

—Eso ultimo estoy segura de que se lo dijo Mateo — Sofía bajó la mirada, nerviosa, mientras jugaba con los bordes de su camiseta, intentando disimular el nudo en su garganta— son sus mismas palabras.

—Y si así fuera, ¿no crees que tiene algo de razón en lo que dice?

—Pero Señora Olivia, ¿cuál es el drama si no me voy a casar con Sergio? Solo estamos saliendo— Sofía cruzó los brazos con un aire desafiante, pero su voz temblaba levemente mientras intentaba restarle importancia.

—Qué bueno que lo aclares — respondió Olivia, con una sonrisa ligera pero seria—pero eso no quiere decir que mientras tanto debas estar saliendo con alguien que no te merezca. Esa es la verdadera pregunta Sofy, ¿Sergio es el chico, aunque sea solo para salir, que tú te mereces?

Olivia hizo una pausa antes de continuar, viendo cómo Sofía elevaba su mirada a manera de concentración para sopesar toda la información que estaba recibiendo. Natalia observaba todo en silencio, pues todavía no se atrevía a intervenir.

—Escuchen lo que les voy a decir— esta vez Olivia dirigía su discurso a las dos— en nuestra cultura se ha hecho una apología al amor incondicional. Eso nace de una idea peligrosa: «Hagas lo que hagas te amaré igual». Es decir, que, a pesar de los engaños, los golpes, el desinterés o el desprecio, si los hubiera, en nada cambiarían mi sentimiento— tomó una pausa, dejando que el eco de sus palabras flotara en el aire, sin saber que Sofía sentía un escalofrío en la espalda.

—Pero eso no es amor, hija —continuó — No importa qué digan los románticos, y tú sabes que soy una romántica empedernida. Ser incondicional en el amor, promueve el sufrimiento feliz, el desinterés por uno mismo y lo peor: la renuncia a nuestra propia identidad.

Ya a estas alturas no solo Sofia empezaba a conmoverse. Natalia parpadeó rápidamente, como si tratara de ahogar las lágrimas, mientras las palabras de su madre la alcanzaban en lo más profundo. Ella también había experimentado esas vivencias con sus parejas, y con algo de sorpresa recordó que coincidencialmente su madre tenía una historia similar.

— Tu conoces mi historia hija— y ahora miraba a Natalia con ternura— cometí muchos errores por no hacer valer mis intereses, por no escuchar lo que realmente sentía... todo porque no me atrevía a quedarme sola.

—Si mami —respondió Natalia con la voz entrecortada— yo sé que no quieres que cometa tus errores, siempre me lo has dicho, pero yo no soy como tú.

—Naty, aunque no seas igual que yo, eso no te exime de que cometas los mismos errores o tomar las mismas malas decisiones — dijo Olivia acercándose más a su hija — Estar enamorado requiere una buena dosis de racionalidad.

Natalia estaba desconcertada pues se suponía que Olivia estaba allí única y exclusivamente para ayudar en la situación sentimental de Sofia. Pero resultó que su madre estaba aprovechando la situación para agregarla en ese espacio reflexivo que se había creado. Se sentía impactada, no tanto porque la haya tomado por sorpresa aquellas palabras, sino porque en el fondo de su corazón, sabía que su sabia madre, a la final, tenía la razón. Así que buscó la mirada de su amiga Sofía tratando de apoyarse mutuamente y decidió seguir escuchándola.

—Es una decisión consciente, el afecto con pleno conocimiento de quién eres y qué necesitas. ¿Quién dijo que hay que soportarlo todo en nombre del amor? — siguió Olivia ahora sentada frente a ellas— Hay que reconocer nuestros propios límites afectivos y, a veces, alejarnos de una relación que nos hace daño y no estar en el lugar equivocado, aunque duela la decisión.

Olivia tomó una pausa al notar que Natalia y Sofia estaban procesando lo que escuchaban. Luego, con un gesto tranquilo, sirvió tres copas de vino y las invitó a seguir charlando en el sofá de la sala a lo que accedieron inmediatamente.

—Sé por Mateo que Sergio te ha levantado la voz y ha sido brusco en algunas ocasiones en su trato hacia ti... pero te quiero preguntar ¿te ha pegado alguna vez?

—No Señora Olivia nunca. Se lo prometo, nunca me ha puesto una mano encima.

—Te creo, pero, aun así, nada justifica que no sea respetuoso contigo. A veces el miedo a estar sola y el apego a la otra persona bloquean la mente y ablandan el corazón. Pero recuerda, no importa cuánto te amen, sino cómo lo hagan. El buen amor es una cuestión de calidad. Si estás en una relación en la que no te aman o respetan como mereces, pero te aferras esperando un milagro, has cruzado los límites del amor razonable e inteligente.

Yo me miraba al espejo, llorando, viendo el reflejo de una mujer atemorizada, acomplejada, llena de pánico. No tenía miedo... tenía **pavor** a quedarme sola con dos hijos. Estaba convencida de que no sería capaz de salir adelante y guardaba la esperanza de que la relación cambiaría, de que él cambiaría.

—Señora Olivia, la escucho y me parece increíble— dijo Sofia con los ojos bien abiertos desconcertada—Yo siempre la he admirado. Siempre la he visto como una gran ejecutiva, empoderada, capaz de cerrar negocios y liderar grandes equipos. Siempre mandando y organizando aquí y allá. ¿Me está diciendo que no se separó antes porque tenía miedo de estar sola?

—Así mismo es. Estuve mucho tiempo presa de sentimientos encontrados. Por un lado, sentía que lo amaba y era afortunada por tenerlo, pero por otro, me frustraba haber tolerado tantas cosas. Tuve que vivir en condiciones que no había deseado, había tenido que soportar muchas circunstancias que no merecía. Sí, podía manejar muchos aspectos de mi vida con inteligencia, pero cuando se trataba de mis emociones... me faltaba esa sabiduría interna que ahora entiendo como inteligencia emocional.

Olivia sintió una presión en su pecho al recordar y de nuevo vivenciar esas experiencias del pasado. Pero el hablar de ello, se estaba convirtiendo en una catarsis poderosa y no podía desaprovechar.

—Y precisamente tu eres una mujer inteligente con muchos sueños y metas— continuaba diciéndole a Sofia— No quiero que te desconcentres, perdiendo el tiempo con cosas y personas que no te llenan ni te suman, al contrario, te restan energía para enfocarte.

Pasaron unos minutos mientras Olivia bebía unos sorbos de su copa de vino y veía como Natalia miraba las luces de la noche a través de la ventana de la sala y veía tímidamente el reloj.

—Mami, de verdad agradezco todas tus palabras. Sé que lo haces porque te importamos y valoramos mucho tu consejo, pero creo que necesitamos procesar todo con calma.

—Ya sé, es cierto lo que me dices. Yo misma también necesito procesar algunas cosas.

—Por lo menos por hoy, estamos cansadas y queremos descansar. Mañana será otro día... ¿te vas a descansar también o te quedaras un rato más aquí?

—Ve tranquila, yo recojo esto y me iré en un rato más— y decidió dejar esa conversación hasta ahí esa noche y no insistió al comprender que ellas necesitaban reflexionar sobre lo que habían escuchado. Se sentía feliz porque por lo menos la había escuchado sin refutar, había guardado silencio sin ofuscarse, y eso había sido un gran avance. Mañana sería otro día como su hija le dijo, así que resolvió confiar en que sus palabras harían efecto en sus corazones y la harían tomar las decisiones correctas.

El sol que alcanzaba a entrar con modestia entre las persianas verticales de la habitación que Natalia usaba como oficina y ahora la había acomodado para que su madre durmiera, calentaba con tibieza el rostro de Olivia obligándola a despertar.

Acomodándose en la cama y abrazando la almohada quiso aprovechar esa mañana de sábado para descansar unos minutos más en el sofá cama. Pero la costumbre de levantarse temprano casi a diario, pudo más que su deseo de relajarse. Le pareció extraño el silencio que había en el departamento, así que resolvió levantarse a preparar el desayuno y después de hacer un recorrido por el pequeño lugar se dio cuenta que se encontraba sola.

Se detuvo unos instantes frente a un espejo ovalado que estaba colgado en el pasillo junto al comedor. Era una mujer con una apariencia física agradable, y aunque ella desde muy pequeña lo pudo ver, había algo que le hizo sentir insegura por años. Podía ver sus facciones definidas y delicadas, pero algo dentro de sí, no le permitía apropiarse de sus atributos y proyectarse de otra manera a los demás.

Con los años aprendió que no existen las mujeres feas. Ese aprendizaje le permitía afirmar con una sonrisa amplia, que la belleza es cuestión de actitud y que una mujer es increíblemente preciosa cuando es autentica, cuando se convierte en su mejor versión, cuando es feliz con serlo y se lo disfruta... ¡de esa manera es hermosa!

Y mientras preparaba sus famosos omelette, Natalia y Sofia entraban por la puerta con ropa deportiva empapadas en sudor escuchando música, llenando de alegría y tranquilidad el corazón de Olivia.

—Hola mami, no te quisimos despertar sino dejarte descansar. ¿Dormiste bien? ¿Qué tal el sofá cama? ¿si estaba cómodo?

—Tranquila Naty, dormí delicioso. Ya está listo el desayuno, ¿les sirvo enseguida? ¿o se van a bañar primero?

—¡Que rico! Yo aprovecho que esta recién hecho y desayuno enseguida. Mateo está feliz que hayas podido venir, llamó temprano a Naty— exclamaba Sofia mientras se lavaba las manos en la cocina.

—Oh que bien que ha estado pendiente. ¿Qué más te dijo Naty?

—Me contó que estas escribiendo un libro, no me habías contado, ¡que sorpresa! Dime, ¿de qué se trata? — dijo Natalia ya sentándose en la mesa para empezar a desayunar.

—Tú sabes que siempre me ha gustado escribir y ahora que tengo más tiempo, finalmente me decidí a publicar. Estoy conversando con una buen editora que me está ayudando a aclarar mis ideas y ordenarlas todas las que tengo en mi cabeza. Quiero que sea un libro de motivación y autoayuda.

—¡Guao! ¡Te felicito, mami! Pero ¿sobre qué tema vas a hablar?

—Pues voy a tocar por varios temas, la timidez, la inseguridad, la falta de asertividad, la dependencia afectiva. La idea es que los lectores que se sientan identificados en algunos de estos temas tengan herramientas para afrontar las situaciones.

—Ya veo, con razón — dijo Natalia mientras probaba su primer bocado.

—¿Con razón qué?

—Con razón anoche nos dijo todas esas cosas. Parecía una psicóloga— le comentaba Sofia entre risas.

—No creas que he pensado en estudiarla— comentó Olivia con jocosidad — pero como les decía anoche, todo ese tema se los compartí porque la vida me ha enseñado y porque mi corazón de madre me decía que se los dijera. Escribir este libro es una enseñanza que Dios y la vida me están dando para mí y para compartirlos con todos y mucho más con ustedes mis hijos... pero dime, ¿les sirvió lo que les dije?

—Claro que sí Señora Olivia. Esta mañana salimos a correr temprano porque necesitábamos pensar en todo lo que nos dijiste, y le debo agradecer a Mateo que la convenció de venir. Siempre he sido muy independiente y desde pequeña me ha gustado hacer las cosas por mí misma, tomar mis propias decisiones y disfruto hacerlo, pero no me había dado cuenta de que esa independencia me estaba volviendo una persona testaruda, que me cuesta escuchar otras opiniones diferentes a las mías.

Mientras corría le decía a Natalia—continuaba Sofía, mientras cerraba los ojos tratando de encontrar las palabras adecuadas—que me cuesta aceptar que a veces no tengo la razón, que no todas las cosas deben ser cómo yo quiero que sean. Que mi verdad no es La Verdad. En el fondo de mi corazón debo aceptar que usted tenía la razón. No es una relación sana y debo hacerme cargo. También me di cuenta de que estaba necesitando los cariños y consejos de alguien especial.

Las palabras de Sofía tocaron profundamente a Olivia, quien, con los ojos llenos de lágrimas se levantó para abrazarlas a ambas. Las tres se quedaron abrazadas junto al comedor, sintiendo la conexión que las unía en ese momento.

Olivia las abrazó con fuerza, sintiendo cómo su corazón se llenaba de gratitud. En ese momento, comprendió que todo el esfuerzo, los años de lucha, las lágrimas y las decisiones difíciles, habían valido la pena. Allí, con su hija y su amiga en sus brazos, entendía que el verdadero éxito no estaba en sus logros profesionales ni en los reconocimientos que había recibido, sino en esos instantes en los que podía compartir su sabiduría y sentir el cariño de quienes más amaba. pero sabía que todavía quedaba mucho camino por recorrer juntas. Se dio cuenta de que, como madre, su misión no era tener todas las respuestas, sino estar presente, acompañarlas y darles el espacio para crecer, incluso cuando el miedo o la incertidumbre las envolviera.

Un destello de comprensión iluminó la mente de Olivia mientras las abrazaba. Era como si, en ese instante, todos los fragmentos de su vida se unieran, revelando un propósito más grande de lo que alguna vez había imaginado. Sin las sombras de su pasado, no habría podido encontrar la luz que ahora compartía con ellas. Cada error, cada duda y cada tropiezo habían sido piezas fundamentales en el rompecabezas de su vida. Y, aunque en su momento la hicieron sentir perdida, ahora comprendía que, sin esas experiencias, no habría adquirido la sabiduría necesaria para guiarlas. Por primera vez en mucho tiempo, sintió que estaba exactamente donde debía estar.

Un calor que no quemaba la recorrió de pies a cabeza. Olivia experimentó un agradecimiento tan grande que casi le cortaba el aliento. Entendió, finalmente, que los caminos más difíciles llevan a los destinos más valiosos, y ella había llegado a uno de los más importantes:

estar allí, con ellas, ayudándolas a construir una vida más plena, libre de las cadenas que un día la ataron a ella.

Pero sabía que este no era el final. Había más caminos por recorrer, más lecciones que aprender y más amor por compartir. Porque la verdadera libertad, comprendió, no era llegar a un destino fijo, sino caminar, siempre adelante, sabiendo que cada paso —por incierto que pareciera— la acercaba más a la plenitud.

CAPITULO 4: Cerrando ciclos: El poder de reconocernos y avanzar.

Al día siguiente todas amanecieron de mejor ánimo, más empáticas unas con las otras, visiblemente más emocionadas y decididas en tomar acciones concretas y empezar un nuevo comienzo en sus vidas. Natalia que era la más desordenada de las dos, antes que su madre se levantara se apresuró a ordenar primero su habitación y luego el resto del departamento. Se deshizo de cosas que ya no usaba ni necesitaba y reorganizó las que se decidió a conservar.

Por su parte, Sofía era la más ordenada por lo que su habitación siempre parecía hecha por camareras de hotel. Sofía, aunque ordenada en el exterior, sintió un caos en su interior que la había mantenido estancada por tanto tiempo. Finalmente, decidió enfrentarlo con valentía, y tomando el teléfono, realizó esas llamadas que tanto había postergado y que la llevarían a tomar esos primeros pasos que necesitaba.

Después de la intensa noche de reflexiones, Olivia se levantó animada, ansiosa por ver cómo sus palabras habían resonado en las chicas. Se acercó a desayunar con ellas, fue recibida con esas grandes sorpresas que le alegraron su mañana y la llenaron de energía para acompañarlas en lo que quisieran hacer.

—Te propongo mami que nos leas un poco de lo que has adelantado con tu libro — dijo Natalia con entusiasmo mientras que, junto con Sofía, se sentaban en el sofá de la sala y se acomodaban uno de los cojines en sus piernas.

—Claro que sí, denme un minuto y enciendo mi PC.

Los ojos de Olivia brillaban mientras observaba cómo las chicas se acomodaban en el sofá, ansiosas por escucharla. Sintió una cálida emoción recorrerle el pecho, como si cada palabra que iba a compartir le acercara más a ese cambio que tanto necesitaban. Al compartir lo que había escrito, Olivia se daba cuenta de que también estaba aprendiendo. Con cada página que leía, descubriría nuevas formas de aplicar esos conocimientos en su propia vida.

—¡Que emoción, mami! queremos escucharte y salir de esta sala con nuevos aprendizajes que nos sirvan para encaminar nuestro futuro— dijo con entusiasmo Natalia. Sabía que su entusiasmo podría motivar a Sofía, quien aún se resistía a abrirse por completo. Mientras tomaba el cuaderno y el lápiz, Natalia decidió que, si alguien debía romper ese muro, sería ella.

—Está bien chicas, no saben lo que me complace y me alegra escuchar lo que me dicen— acordó Olivia mientras abría los archivos y se disponía a leerle las ultimas anotaciones— estuve escribiendo sobre las relaciones de parejas insanas. Me inspiré en mi propia experiencia y, sin ánimo de ofender, pero también me inspiré en las últimas relaciones que ha tenido Natalia.

—Mami tranquila. Debo reconocer que he cometido errores al tomar decisiones equivocadas en asuntos del corazón. Muy seguramente, muchas jovencitas están en la misma situación que yo, repitiendo patrones sin darse cuenta. Así que tranquila, te autorizo que me tomes de ejemplo para todo lo que quieras escribir — dijo Natalia sonriendo y después dejó el lápiz sobre el cuaderno y, con un tono más serio, continuó: —Atentar contra nuestra identidad como mujer es algo muy serio y me enorgullece que estés haciendo lo que estás haciendo. Yo seré la primera en aprender de esto.

Las palabras resonaban en la sala, como si cada una llevara el peso de las experiencias pasadas. Sofía, quien había estado en silencio, intercambió una mirada rápida con Natalia, asintiendo sutilmente como si reconociera que esa conversación también le pertenece.

Olivia sintió una oleada de alivio al escuchar las palabras de su hija. Saber que Natalia aceptaba sus errores con humildad le devolvía la confianza de que, tal vez, todo lo que había escrito podría realmente hacer una diferencia.

—Gracias hijita por tu apoyo. Fíjense que después de leer en varios libros pude sacar unas conclusiones bien interesantes: Que hay mujeres que se ven involucradas en relaciones dañinas una y otra vez, como si buscaran autocastigarse porque siempre salen mal libradas. Esto está muy relacionado con la autoestima. Por un lado, quieren dejar de sufrir, saben que esa relación no es sana, pero, al mismo tiempo, tienen la falsa creencia que nadie más las va a querer. No son asertivas y disfrutan muy poco de sus vidas. Por lo general esto genera una dependencia emocional y un afán de hallar a alguien que les aporte lo que ellas no tienen y en esa búsqueda sucede que terminan con personas egocéntricas, narcisistas, manipuladoras, solo por poner algunos ejemplos.

—Mami, pero tu hablas que te basaste en tu experiencia. Pero, mami, ¿de verdad? No recuerdo a papá siendo así contigo— comentó Natalia, frunciendo el ceño el ceño mientras intentaba recordar —Tal vez es que solo me quedó con lo bueno... o no quería ver lo demás.

—Naty estabas muy pequeña para entender y darte cuenta. Aunque a veces cometíamos el error de discutir en frente de ustedes, por lo general nos esforzábamos para disimular y que se sintieran bien.

Lo que quiero que entiendan— continuó Olivia, con la voz un poco más suave— es que yo también fallé Nos aferramos a la idea de que el amor debe soportarlo todo, sin darnos cuenta de que, a veces, eso solo nos consume. Ambos cometimos errores y es en esa aceptación donde empieza el verdadero crecimiento.

Olivia les aseguraba que con sus argumentos no buscaba justificarse, ni muchos menos culpar a su expareja. Es un error muy común que cometen los seres humanos cuando deciden separarse para compensar las culpas que genera dar por terminado una relación. Para que funcione un hogar se necesitan dos y de igual manera, para que deje de funcionar también se necesitan dos. Por lo que lo mas sensato es que cada uno se revise y asuma su parte de responsabilidad. Lo asuma, lo acepte sin culpas, sabiendo que su nivel de conciencia de esos momentos no era igual que el actual despúes de un buen proceso de auto reconocerse y poner todas las emociones en orden.

Olivia hizo una pausa antes de continuar, mirando a sus hijas con seriedad. Para pasar al proceso de tomar acción, no solo basta con identificar y darse cuenta. Se hace necesario e imperante actuar en favor de mejorar como personas e individuos integrantes de un hogar y una sociedad. Concluía esperando que cada palabra resonara profundamente en sus corazones.

—Ahora que recuerdo mami, tú siempre has sido una mujer muy creyente. No lo tomes a mal, no te quiero juzgar, pero no pediste ayuda a un pastor ni a un líder espiritual. — afirmó Natalia con el lápiz en la boca, un poco temerosa de que su comentario fuera a indisponer a su madre.

Olivia sintió una mezcla de alivio e incomodidad al escuchar la pregunta de su hija. Era difícil para ella admitir que no había buscado ayuda en aquel entonces, pero más difícil aún era ser tan transparente frente a Natalia. ¿Estaba revelando demasiado?

—Tienes razón, hija. En esa época no estaba tan normalizado el buscar apoyo terapéutico, como lo es actualmente. Eso de contar intimidades y emociones tan profundas de una pareja a un desconocido, no era tan cómodo. Aunque, hoy día, todavía hay algo de tabú al respecto, ya la salud mental tanto individual como en las parejas ha cobrado más relevancia en las familias. Yo me convertí en una persona que resolvía todo desde la colera y el resentimiento, y al final, me hacía más daño a mí misma. Prefería continuar así porque tal vez no quería escuchar lo que no quería que me dijeran.

Mientras hablaba, Olivia no podía evitar que una duda se instalara en su mente: ¿Estaba bien ser tan honesta? ¿Debería compartir tanto de su vida con Natalia? Tal vez, pensó, sería mejor callar algunos detalles para protegerla. Pero al mismo tiempo, sintió que había valor en la transparencia, en mostrar sus errores para que ellas no los repitieran.

Se tomó unos segundos para mirarlas con una sonrisa forzada antes de continuar.

— Es que cuando nos entregamos al amor lo hacemos desde muchos esquemas y modelos aprendidos. Muchas veces desde la crianza, o incluso desde la religión, nos inculcan que las mujeres somos las responsables de mantener el hogar en pie. Y ese mensaje puede ser poderoso, pero también peligroso si lo malinterpretamos porque a veces confundimos el sacrificio con la sumisión, el. compromiso con el sufrimiento Y, sin darnos cuenta, soportamos cosas que jamás deberíamos haber permitido. Es entonces cuando algunos de esos modelos se convierten en negativos, llenos de temores e inseguridades, miedo a la soledad, al abandono, a la desprotección, al rechazo de los demás.

La forma en que amamos, la manera en que nos relacionamos con los demás, es un espejo de lo que somos por dentro. Si nos sentimos inseguras o temerosas, eso se refleja en nuestras decisiones amorosas. Es fuerte, lo sé, pero entender eso es el primer paso para cambiarlo. Porque cuando te das cuenta de que el amor no debería ser una lucha, sino un espacio de crecimiento mutuo es cuando empiezas a sanar de verdad.

Olivia se tomaba nuevamente unos segundos para dejar que las chicas reflexionaran sobre lo que escuchaban. Ellas susurraban entre ellas y escribían en sus cuadernos, como dos chiquillas en su etapa escolar, comparaban sus notas y cruzaban miradas que a veces iban cargadas con más palabras que cualquier mensaje escrito o hablado. Olivia aprovechó para ponerse de pie y dar unos pasos por la sala. El beneficio del tiempo de descanso no era solo para Natalia y Sofía, Olivia también lo necesitaba pues este ejercicio de leer, escribir y luego hablar sobre ello estaba siendo muy impactante para su vida. Las reflexiones que estaba teniendo en esas últimas semanas, eran igual de fuertes que aquellas divagaciones que tenia lugar en los momentos de mayor angustia o liberación emocional. El proceso de compartir su historia con las chicas, lejos de ser una simple conversación, era una especie de catarsis que no había anticipado, porque esta emancipación mental y emocional no era solo el resultado de un proceso, se había convertido en un regalo.

—Ahora que recuerdo y analizo—siguió Olivia después de haber servido su usual limonada para las tres. — creo que me daba un poco de vergüenza contarle a un líder religioso que yo sentía que por momentos no lo quería lo suficiente, o que pesaba más el resentimiento porque me había "obligado" a vivir una vida que no había planeado para mí y que no me había valorado como esposa en muchas ocasiones. Cuando en realidad, como adultos, nadie te obliga a nada. Todos somos libres de tomar las decisiones y las riendas de nuestra vida.

Hoy me doy cuenta de que el verdadero desafío no estaba en mantener un matrimonio a cualquier costo, sino en atreverme a estar bien conmigo misma. Ese es el mayor acto de valentía que podía tener.

—Es cierto Sra. Olivia. Es por eso por lo que a veces sucede que las mujeres se encuentran preguntándose: ¿Por qué mis parejas terminan aprovechándose de mí? o ¿por qué de mi mala suerte?, pero en realidad somos nosotras quienes buscamos y nos enfocamos en las personas equivocadas. Hasta que no tomamos conciencia del patrón que estamos repitiendo, no podremos resolver las cosas— opinó Sofía inmersa en la conversación, sorprendiéndose a sí misma con sus palabras. Sentía que, al hablar, también lograba entenderse mejor, lo que la hacía sentir orgullosa.

—Pero fíjate Sofy, que no todas llegan a ese punto de toma de conciencia. Hay muchas mujeres que siguen en esas relaciones subordinadas, lastimando su ego, sin saber lo peligroso que puede llegar a ser. Van degradando su "yo" y perdiendo su identidad personal.

—Y, mami, ¿cómo podemos salir adelante y superar esas malas costumbres? — preguntó Natalia un poco presa de sus ansiedades, con la libreta y bolígrafo en la mano para tomar nota.

— La clave, Naty —dijo Olivia, inclinándose hacia ella—, está en aprender a estar completas por nosotras mismas. Aceptándonos tal cual somos, sin quejarnos ni buscando compensaciones Sin esperar que alguien más nos dé lo que nos falta. Porque nadie puede llenar esos vacíos, excepto nosotras mismas. Las relaciones no son para "completarnos", sino para complementarnos.

Nos han hecho creer que el amor debe doler —continuó Olivia, con una mirada seria—. Que, si no hay lágrimas, si no hay sacrificio, entonces no es verdadero amor. Pero eso es una mentira peligrosa. El amor debe ser algo que nos eleve, que nos haga crecer. Debe ser una relación hermosa que aporte, que agregue valor, que nos haga sentir cómodas y que sea, ¿por qué no?, hasta divertida.

Olivia repitió el silencio intencionado para que las chicas pudieran analizar tanta información que estaban recibiendo en tiempo récord, y porque notaba sus miradas interrogantes, buscando en sus recuerdos y vivencias propias, la manera adecuada de sacar adelante sus conflictos actuales.

Natalia, bolígrafo en mano, intentaba capturar cada palabra de su madre. A medida que escribía, sentía cómo las piezas de su propia vida empezaban a encajar. Las malas decisiones, los patrones repetidos... todo comenzaba a tener sentido. Y ahora, tenía una nueva dirección, una nueva manera de enfrentar sus propios conflictos emocionales.

—Tengo una consulta Sra. Olivia— preguntó Sofia tomando un impulso de valentía— Después de darse cuenta de que lo mejor es dejarlo, que lo mejor es terminar de una vez esa relación malsana, ¿cuál serían los pasos por seguir? ¿Y si esa persona vuelve y nos convence de nuevo?

—Yo no tengo todas las respuestas, pero de lo que he investigado y lo que he vivido, las resumí bien organizadas y enumeradas. Les recomiendo escribir:

Lo **primero** es darse cuenta e identificar que la relación es perjudicial y tomar la decisión de dar por terminada. Esto no es negociable. Hay que tener claro que no hay vuelta atrás, ni reconciliaciones, ni nuevas oportunidades. Se debe ser firme en este aspecto y asumir que comienza un nuevo capítulo en tu historia donde esa persona ya no estará presente—ante esta respuesta clara y concisa no pudieron evitar mirarse Natalia y Sofia, seguidas de un leve suspiro— Cuando decidí separarme, estaba convencida que no quería volver con él. Mi madre me decía que orara a Dios pidiendo que él volviera. Pero yo le respondía que no. Yo oraba para que Dios me diera fuerzas para salir adelante con mis hijos. Le pedía que, si quería regresármelo, lo hiciera, pero transformado. Si no cambiaba, no lo quería. Me enfoqué en mí y no en él.

Olivia sintió una mezcla de orgullo y nostalgia al recordar su propio proceso. Sabía que cada palabra que compartía con las chicas tenía el poder de transformar sus vidas, tal como lo había hecho con la suya. Pero también, cada vez que hablaba, se sanaba un poco más a sí misma.

—**Segundo**, se debe aprender a superar los miedos y creencias que se esconden detrás del apego y la dependencia emocional, mejorar y elevar la autoestima y el auto respeto, desarrollar estrategias de resolución de problemas y un mayor autocontrol de las emociones. Pero chicas, eso no se logra de un día para otro. Requiere un proceso que no es fácil. Con el apoyo y acompañamiento de profesionales capacitados en el tema. Esto es fundamental. Cuando hay una franca determinación a salir adelante y se han descubierto los recursos y habilidades que cada mujer ya posee, eso es un gran paso y cuenta como un buen impulso para empezar a construir un nuevo panorama. ¿Alguna de ustedes ha enfrentado un miedo que pensó que no podría superar?

—Sí, el año pasado tenía miedo de hacer un viaje sola — contestó Natalia alzando la mano como en la escuela, lo que hizo que sus oyentes se miraran y rieran —Pero decidí irme de vacaciones a la playa, y fue una experiencia increíble. Aprendí a disfrutar de mi propia compañía.

—Eso es maravilloso, Naty —respondió Olivia con una cálida sonrisa—. Cada paso que das para superar tus miedos te acerca más a la libertad emocional que todas deseamos. Y cuando logramos sentirnos plenas y seguras, nos volvemos imbatibles.

—Tu Sofia, ¿has tenido alguna vez un problema que parecía insuperable y que al final resultó ser una oportunidad para aprender algo nuevo? — continuó preguntando Olivia.

—Sí, hace poco tuve un desacuerdo con mi jefe. Al principio pensé en renunciar, pero luego decidí hablar con él y expresar cómo me sentía. Eso cambió nuestra relación y mejoró mi trabajo. Me di cuenta de que la comunicación es clave... De verdad que recordar estas experiencias hace que te conectes con tu versión independiente y resuelta... continue Señora Olivia, ya me estoy emocionando.

Sofía no podía evitar sonreír mientras recordaba su conflicto con el jefe. Lo que en su momento le pareció un obstáculo insuperable, ahora lo veía como una lección de vida. Hablarlo en voz alta no solo la hacía sentir más fuerte, sino también más segura de su capacidad para enfrentar cualquier dificultad.

—**Tercero**, debes empezar a concentrarte en ti, en quererte y mimarte. — siguió Olivia leyéndoles desde su computador — Esto no debe confundirse con egoísmo, sino que se trata de cuidar tu salud física y mental. Dedica tiempo a ti misma, haz aquellas cosas que siempre has querido hacer o que soñaste alcanzar. Aprende un nuevo idioma, haz ese viaje sola o con una buena amiga, cámbiate el color de cabello, cómprate esa ropa, ve a ese concierto, date ese masaje. La idea es que nunca más te quedes con la sensación de que deberías haberlo hecho. Realiza tus ilusiones dentro de tus posibilidades, asegurándote que vayan acorde a tus principios y valores.

—Cada uno de estos pasos es importante —dijo Olivia, tomando un sorbo de su limonada—Pero lo más crucial es recordar que no estamos solas en este camino. Rodearse de personas que nos apoyen y nos impulsen, como ustedes están haciendo hoy aquí, es una de las claves para seguir adelante. Ahora díganme ¿Cómo han manejado situaciones en las que se sintieron inseguras? ¿Recuerdan un momento en que lograron hacer algo que les costaba?

—Recuerdo que antes me daba miedo hablar en público — esta vez contestó primero Natalia entusiasmada— Pero un día decidí inscribirme en un taller de oratoria. Porque los comités con mis jefes eran muy desafiantes para mí. Al final, me sorprendí a mí misma y descubrí que era buena en eso.

—¡Excelente Naty! Que ejercicio tan rico estamos haciendo juntas... pero más rica será la pizza que pedirán por domicilio— expresó con jocosidad Olivia despertando carcajadas en ellas.

Las risas llenaron la sala cuando Olivia mencionó la pizza. Por un momento, todas se olvidaron de los problemas y se sintieron como viejas amigas disfrutando de una tarde juntas. Ese espacio de seguridad que habían creado entre ellas era el refugio perfecto para compartir sus pensamientos más profundos.

—No sé si has hablado de eso mami — opinó Natalia aun con un pedazo de pizza en su mano— pero me gustaría agregar que no deberíamos tener miedo a la soledad, ni que eso sea el motivo que nos lleve a estar con una persona que nos hace daño. No es mi caso, porque hace meses que vivo sola, pero sé que habrá muchas chicas que si lo sienten.

—Tienes razón, Naty —respondió Olivia después de tomar un sorbo de agua—, la soledad no debería ser vista como algo malo ni temible. Al contrario, es una gran oportunidad para conocerte mejor y escuchar realmente lo que piensas y sientes. Yo también lo viví en su momento, y fue precisamente en esos períodos de soledad cuando comencé a sanarme y a redescubrir mi propio valor.

Olivia recordó aquellos primeros días de su separación, en los que la soledad era su única compañía. Durante los fines de semana, cuando sus hijos, Natalia y Mateo, se iban con su padre, el departamento quedaba en un silencio abrumador. Al principio, la ausencia la dejaba perdida, sin saber qué hacer. Los pensamientos la agobiaban, y las noches parecían eternas. Se sentía invadida por la tristeza y las dudas. Sin embargo, pronto comprendió que esa ociosidad y los pensamientos derrotistas solo la hundían más.

—Recuerdo lo difícil que fue al principio —continuó Olivia, entrelazando sus manos sobre la laptop—. Las primeras semanas como separada fueron devastadoras. Me sentía vacía. Pero un día me di cuenta de que esa ociosidad, ese tiempo que tenía para mí, podía transformarse en algo positivo. Fue entonces cuando decidí hacer algo que siempre había querido: aprender a nadar. Me inscribí en un curso de natación y, poco a poco, esa actividad no solo me ayudaba a mantenerme activa, sino que también me dio una sensación de logro. Además, volví a hacer deporte con constancia y me di cuenta de cuánto me había descuidado.

Natalia y Sofía la miraban atentamente, mientras seguían saboreando los últimos trozos de pizza. El ambiente estaba más relajado, y las chicas también comenzaron a compartir algunas experiencias personales.

—Y es que la soledad no es el problema —reflexionó Olivia, acomodándose en el sofá con la laptop sobre las piernas—, sino lo que hacemos con ella. Si la usamos para compadecernos y quedarnos estancadas, será destructiva. Pero si la aprovechamos para crecer, aprender nuevas cosas, y dedicarnos tiempo, puede ser transformadora. Cuando finalmente decides estar con alguien, debe ser una elección consciente, no una necesidad desesperada.

—Cuando una relación se acaba hay que asumir que comienza una nueva etapa en nuestras vidas donde ya no estará presente esa persona y eso implica muchos cambios y más cuando se trataba de una relación dependiente— opinaba Sofia, conmovida con la conversación.

—Los cambios siempre están acompañados de aprendizaje y eso es crecimiento. No lo veas como algo malo o negativo, al contrario, acógelo con los brazos abiertos y sin miedo. Debes enfocarte en tu futuro, aceptando que lo que pasó, hace parte de tu pasado y eso solo sirve para sacar las enseñanzas que nos ayuden a no cometer los mismos errores. Los cambios pueden ser aterradores, pero son una señal de que estás en movimiento, de que estás eligiendo seguir adelante.

Ahora les pregunto ¿Qué tal si piensan en un cambio que les gustaría hacer en sus vidas, ya sea grande o pequeño? — ellas escribían y se miraban constantemente al tiempo que por momentos se tomaban las manos.

Buscaban transmitirse lo que sentían mutuamente: una incomodidad "cómoda" al sentirse confrontadas y al mismo tiempo emocionadas por sus nuevos descubrimientos.

—Salgan de su zona de confort chicas— continuaba Olivia— analicen qué es lo que quieren conseguir a partir de ahora, a dónde quieren llegar y qué cosas les gustaría conseguir que aún no tengan. Tener metas y objetivos por conseguir, es una de las fuerzas que hacen al ser humano levantarse de su cama en las mañanas, moverse cada día y sentirse bien.

—Mami, esas preguntas que nos hiciste fueron muy poderosas. Te sugiero que las escribas al final del capítulo para que tus lectoras también hagan ese ejercicio de responderlas.

—Que buena idea me has dado, Naty. Se me ocurre que ellas se tomen su tiempo y no las respondan tan rápido como lo hicieron ustedes, sino que puedan reflexionar con calma en cada una. Anotaré las respuestas que ustedes me dieron para que ellas puedan inspirarse y ubicarse en contextos o situaciones tal vez similares de sus vidas, y eso les pueda servir como una especie de guía para crear sus propias respuestas. Que descubran que la vida misma es una maestra, y que de ella puedes aprovechar los mejores aprendizajes.

Recuerden, chicas, que cada final es un nuevo comienzo. Las decisiones que tomamos hoy nos llevan hacia el futuro que deseamos construir. No se trata solo de dejar atrás lo que no nos sirve, sino de abrir espacio para lo que sí lo hará. Acepten el cambio, abracen el crecimiento y no tengan miedo de soñar en grande. Cada paso que den hacia adelante, por pequeño que sea, es una victoria. Así que, cuando se encuentren ante la duda, pregúntense: "¿Esta decisión me acerca a la vida que quiero?" Si la respuesta es sí, entonces avancen con confianza. El poder de crear su propio destino está en sus manos.

Olivia entendió con esta conversación y reflexiones con sus hijas, que la vida es como un río: a veces calmado, a veces turbulento, pero siempre fluyendo hacia el mar, hacia un destino que construimos paso a paso.

ACTIVIDAD DE REFLEXION

Antes de continuar con tu lectura, tómate un momento de quietud. Reflexiona sobre estas preguntas y, si lo deseas, anota tus pensamientos para regresar a ellos más adelante.

¿Alguna de ustedes ha enfrentado un miedo que pensó que no podría superar?

____

¿Cómo han manejado situaciones en las que se sintieron inseguras?

____

¿Recuerdan un momento en que lograron hacer algo que les costaba?

____

¿han tenido alguna vez un problema que parecía insuperable y que al final resultó ser una oportunidad para aprender algo nuevo?

____

¿Qué tal si piensan en un cambio que les gustaría hacer en sus vidas, ya sea grande o pequeño?

____

CAPITULO 5: Sueños Compartidos: Reflexión y Nuevos Comienzos.

Ante la insistencia de su hija Natalia y Sofía, Olivia decidió quedarse un día más. Planificaron aprovechar el domingo para visitar a Mateo quien vivía en una ciudad cercana, y disfrutar un merecido día de descanso en familia, algo que no hacían desde hacía mucho tiempo.

Para Sofía, sin embargo, estaba siendo difícil la situación con Sergio. Aunque el día anterior ella le había pedido unos días, pero que tenían una conversación pendiente sobre su futuro, él no se había quedado tranquilo con esas explicaciones. Lo que había desencadenado una serie interminable de llamadas y mensajes.

Sofía le tuvo que compartir fotos de todos disfrutando para que estuviera tranquilo y viera que ella estaba en plan familiar. Lo que Sergio no sabía era que Sofia estaba teniendo un encuentro con ella misma, y había llegado a la certeza de que comenzaría una nueva etapa en su vida, y él no formaba parte de ella.

Pasaron el día frente al mar, los cuatro jugando, persiguiéndose, lanzándose arena, como cuando eran niños. El corazón de Olivia estaba lleno de emoción. La alegría que sentía era indescriptible. No cambiaria esos momentos por todo el oro del mundo.

Al regresar a la casa de Mateo, se sentaron en la sala para calentarse con un café. Natalia y Sofía le recordaron a Olivia su conversatorio del día anterior, y la animaron a continuar. Mateo, contagiado por el entusiasmo de las chicas, se unió al "meeting" con una sonrisa y consiguió libretas y lápices para todos.

—Queremos aprovechar que estas aquí mami con nosotros— expresó Mateo bromeando —pues estas recién casada y ya Armando no te quiere soltar. Quien sabe cuándo te volveremos a ver.

—¡Ah que exagerado! Está bien chicos— aceptó Olivia riéndose y sosteniendo la taza de café con las dos manos bien cerradas buscando calentarlas— Yo encantada, estos temas me atrapan. Ayer finalizamos hablando de las metas y objetivos.

—En ese aspecto mami, sí necesito que me ayudes— intervino Natalia— Tengo mil cosas en la cabeza, muchos sueños, metas... pero no sé por dónde comenzar. — se llevaba las manos a su cabeza desordenando sus cabellos— Ahora que ya me siento motivada para empezar una nueva etapa en mi vida, me gustaría saber cómo enfocarme y priorizar.

—Me pasa igual a mi— añadía Sofia, tomando una hoja de papel y un lápiz para escribir— también necesito aprender a priorizar mis metas.

—Claro que sí chicos— respondió Olivia— Existe una actividad que se me ocurre que podemos realizar en estos momentos. Es ideal cuando tienes muchos sueños y metas que te encantaría alcanzar, pero no sabes cómo organizarte. A mí me gusta mucho porque es muy versátil y se puede aplicar en diferentes áreas de la vida.

Se trata del modelo SMART, que es un acrónimo en inglés y se refiere a las características que deben tener las metas y objetivos para que sean efectivos.

- Specific (específico)
- Mensurable (medible)
- Achievable (alcanzable)
- Relevant (relevante)
- Timely (temporal)

—No se trata solo de soñar despiertos sin hacer nada al respecto. Te puedes pasar la vida soñando y al final contarles a tus nietos: "les voy a contar que su abuela tuvo muchos sueños, a su edad soñaba con..." — continuó diciendo Olivia imitando la vez de una persona anciana lo que provocó las risas de los chicos— La idea es que cuando compartan sus historias con sus nietos, les hablen de las acciones que tomaron para alcanzar esos sueños. No importa si dentro de la narración hay momentos de fracasos o más bien, de aprendizajes; porque esos errores, como ya hemos dicho, se convierten en oportunidades para hacerlo mejor la próxima vez.

Hablaban entre ellos todos al tiempo llenos de emoción. No se sabía quién levantaba más el tono de su voz para contarle a los otros lo que siempre había querido hacer o tener. Y recordaban, entre tanto, anécdotas de situaciones graciosas que habían vivido al fallar algún intento de proyectos. Sonoras carcajadas retumbaban en la sala de Mateo, la que para sorpresa de Olivia estaba muy bien decorada con tonos blanco, negro y varias tonalidades de rojos. Con una organización bien armoniosa de los tamaños y colores. Una prueba más que los paradigmas solo están en las mentes de las personas. Su hija mayor mujer es la más desorganizada y menos afectuosa y su hijo menor varón, terminó siendo el más amoroso y organizado. El tiempo estaba corriendo y ya empezaba a oscurecer, pero Olivia no tenía afán. Se reía mientras disfrutaba ese momento familiar. Lo quería capturar en el lente de sus recuerdos y guardarlo por siempre en la memoria de su corazón.

Se levantó para preparar más café, movimiento que provocó en sus hijos pedir disculpas con gestos infantiles en sus bocas.

—Tranquilos, chicos. Tomen lápiz y papel que, en unos pocos minutos, van a poder visualizar y de alguna forma empezar a organizar los primeros pasos de su futuro.

—Claro que sí mamá, danos unos segundos y nos acomodamos— decía Mateo mientras las animaba a tomar los apuntes necesarios y se sentaban a escribir junto a Olivia.

—Esta actividad les va a encantar, pienso incluirla al final de mi libro para que las lectoras culminen su lectura motivadas y empoderadas a tomar acción. Después de pasar por un proceso de autodescubrimiento, analizar si quieren realmente estar solas. Después de conectarse con sus recursos, es importante organizar ideas, decantar esos sueños y convertirlos en objetivos. Buscar la ayuda y el apoyo que puedan necesitar y planificar su futuro.

Bueno chicos, empecemos— se resolvió continuar Olivia al verlos ya listos para escribir— no solamente basta con pensar en ese objetivo para alcanzarlo, sino que es igual de importante y necesario un camino para llegar allí, una metodología para asegurarte que los objetivos que te planteas tienen todo lo que necesitas para lograrlo.

- Specific (específico)
- Mensurable (medible)
- Achievable (alcanzable)
- Relevant (relevante)

Timely (temporal)

*Y comenzamos con la letra S que en español es "Especifico". Hay que cerciorarse que las metas que quieres alcanzar sean concretas y específicas. Por ejemplo, no es lo mismo decir: "quiero bajar de peso" a decir: "quiero bajar cinco kilos en dos semanas". Deben ser planteadas en un lenguaje sencillo, con términos concretos y específicos para que tu cerebro tenga la información completa y pueda empezar a trabajar para ti.

*Seguimos con la letra M que traduce "Medible". Al ser tu objetivo medible te facilita ir confirmando si estás teniendo éxito en alcanzarlo o, por el contrario, te podrías estar alejando de hacerlo, lo que te llevaría a un replanteamiento de este o de la metodología que estas usando.

Para este fin deben contar con alguna forma de medirlo, por ejemplo, con fechas limites, un cambio en porcentaje o algún otro elemento cuantificable.

*Continuamos con la letra A qué quiere decir "Alcanzable". Que esto no se confunda con que tu meta sea fácil de alcanzar porque la idea es que el proceso te saque de tu zona de confort y te impulse a moverte con estrategias diferentes y desafiantes, pero tampoco que sean inalcanzables pues generaría una frustración que te podría llevar al querer claudicar. Cuando decimos alcanzable, queremos decir que tus objetivos no deben estar totalmente fuera del ámbito de lo posible.

*La letra "R" significa "Relevante". Siempre hay que analizar en el momento de plantearte tus objetivos y metas, lo que aportaría el logro de ese objetivo en tu vida y en la vida de las personas que son importantes para ti. Si bajar de peso no es tan trascendental en tu vida pues entonces no debería estar entre tus metas. En cambio, mejorar la relación con tu jefe sí es importante para ti, esto será motivo suficiente para seguir paso a paso lo que te propongas.

*Por último, la letra "T" quiere decir "Temporal". Sin un plazo de tiempo definido, tu proyecto podría prolongarse y generar algunos inconvenientes en el proceso mismo de lograrlo. Asegúrate de definir un cronograma de proyecto[1] que sea claro. Poniendo una fecha límite para lograrlo. Con la flexibilidad, claro está, que se pueda ir modificando, o la fecha o la metodología para alcanzarlo. Eso se sí se puede negociar.

—¿Sabes que sería muy útil, mami? Un ejemplo que encierre todas estas características para que al leerlas pueda facilitar el proceso de construcción de cada meta.

—Claro que sí, Mateo, ya lo había pensado. Miren el ejemplo que he construido:

OBJETIVO/META:

"Partiendo de este mes en veinticuatro meses voy a comprar mi propia casa, para la cual me falta ahorrar $$$$$ pesos. Para eso necesito ahorrar $$$$ pesos al mes, de aquí a esta fecha (24 meses). Tendré un lugar para vivir, sin pagar renta, y que será mío".

Confirmemos si contiene las características de una meta SMART:

1. Específico: Sí, porque digo cuánto, cuándo, cómo y qué voy a

---

1.   https://asana.com/es/resources/create-project-management-timeline-template

hacer.

2. Medible: Debo ahorrar $$$ pesos en 24 meses.

3. Alcanzable: Sí, gano $$$ pesos al mes, y es factible poder apartar $$$ pesos en cada mes.

4. Relevante: Sí, porque me da un lugar para vivir, me trae satisfacción propia, y un patrimonio para mi vida adulta.

5. Temporal: Sí, porque me he establecido en 24 meses para terminar de ahorrar este dinero.

Recuerden que, en todo este proceso, lo más interesante, junto con alcanzar la meta, que obviamente es muy importante, es la persona en que te vas a convertir mientras llegas a tu meta. Pues en la organización y planeación de este programa que vas a desarrollar para alcanzar estos objetivos, vas a tener que identificar y recurrir a los recursos con que cuentas en la actualidad y desarrollarlos y potenciarlos a tu máximo nivel, romper con creencias limitantes y un sinfín de paradigmas que te han frenado hasta entonces y desafiarlos a partir de estos planteamientos de nuevos objetivos.

—¡Excelente mami! Con ese ejemplo es mucho más claro. Yo puedo aplicar esto para ahorrar para mi maestría— comentó emocionado Mateo, tomando nota rápidamente.

—Si, me parece que también lo puedo usar para mis próximas vacaciones. Hace rato que no descanso con un viaje largo y para eso necesito organizarme—añadía Sofia, mientras pensaba en sus propias metas.

—Ahora chicos— continuó Olivia dando un corto aplauso para buscar su atención—vamos a partir de la premisa que las metas y objetivos por lo general nacen de un sueño. Así que en esa hoja van a escribir sus sueños, sin límites de nada, es decir, aun no piensen ni los definan en términos SMART, eso lo harán después. Por ahora escríbanlo de una manera sencilla, con la misma inspiración con que hacían sus cartas a Santa Claus, ¿se acuerdan? — les preguntó de una manera jocosa.

—Claro que sí, lo recordamos— contestaron ellos entre risas— pero ¿de qué manera los escribimos? ¿Con algún orden especifico?

—Solo déjense llevar por esa inocencia de su infancia al momento de escribir esos regalos que querían para navidad y sin pensar en si había recursos económicos, ustedes estaban convencidos que Santa Claus les podía traer lo que pidieran. Solo escribían lo que querían.

—Es cierto mami. Solo estaba condicionado con nuestro comportamiento. ¿Recuerdas Sofy, que con eso nos presionaban todo el año? Si habíamos sido buenos niños, nos llegaban los regalos — preguntó Natalia entre risas.

Los tres nuevamente empezaron a reírse recordando cuando pequeños, se levantaban temprano en la víspera de navidad corriendo al árbol para ver los regalos bajo la sombra de la sonrisa de sus padres.

—De igual manera con esa inocencia, van a plasmar en esa hoja todos sus sueños que siempre han tenido pero que a lo mejor no se han atrevido a escribirlos; o los que en estos momentos de reflexión les va naciendo en su corazón. Los van a escribir teniendo en cuenta todos los ámbitos de sus vidas, los sueños que hayan tenido en el ámbito social, educativo, familiar, laboral, comunitario.

Olivia conectó su celular al televisor de la sala para reproducir su *playlist* con música pop en ingles que era su favorita como *sound track* para hacer este tipo de actividades.

—No se limiten, chicos— agregó Olivia con una sonrisa moviéndose al ritmo de la música—. Esta es la oportunidad de conectar con los sueños que una vez parecían imposibles. Porque a veces, lo que en algún momento parecía inalcanzable, puede estar más cerca de lo que pensamos.

Los tres se miraron entre sí y compartieron una sonrisa pícara viendo lo inspirada que se encontraba Olivia y comprometida en el ejercicio. Mateo con el dedo en la boca les ordenaba que hicieran silencio y se concentraran en seguir las instrucciones.

Natalia levantó la vista del papel, atrapada en sus pensamientos, buscando en los ojos de su madre esa guía que siempre había encontrado en los momentos de incertidumbre.

—Cuando era pequeña, siempre soñé con viajar por todo el mundo. Me imaginaba recorriendo ciudades antiguas, explorando ruinas y descubriendo culturas diferentes. Incluso solía dibujar mapas de los lugares que quería visitar...—dijo con un toque de timidez—. Ahora, de adulta, ese sueño sigue en mí, pero siempre lo he pospuesto por trabajo o por otras responsabilidades.

—Ese sueño sigue vivo, Naty—respondió Olivia con ternura—. Quizás ha cambiado un poco o se ha escondido bajo otras prioridades, pero está allí, esperando a que lo tomes de nuevo. Y eso es lo maravilloso de este ejercicio. No importa cuánto tiempo haya pasado, aún puedes hacer esos sueños realidad, solo necesitas el valor para planificarlos y hacerlos posibles.

Mateo asomaba con la cabeza, inspirado por las palabras de su hermana y madre.

—Yo también he dejado varios sueños en el camino, pero ahora que lo pienso... siempre quise tener mi propio negocio, algo que combinara mi amor por la tecnología y la innovación—dijo Mateo, con un brillo de entusiasmo apareciendo en sus ojos mientras empezaba a escribir con rapidez.

Olivia observaba a sus hijos con una mezcla de orgullo y emoción. Sabía que, aunque el ejercicio era simple, estaba ayudándoles a reconectar con una parte de sí mismos que quizás habían olvidado o ignorado durante años. Era su manera de guiarlos a encontrar su propósito ya no dejarse llevar solo por las exigencias del día a día.

Sofía dejó escapar una pequeña risa antes de hablar.

—Lo mío siempre fue querer tener una cafetería con una pequeña librería. Un espacio donde la gente pudiera reunirse, leer, disfrutar de un buen café... Me parecía un sueño tan simple y hermoso. Siempre lo guardé en un rincón de mi corazón, pero jamás me atreví a ponerlo en práctica. Pensé que no era realista—confesó mientras jugaba con el lápiz en sus manos.

Olivia asintió con comprensión apoyando su mano en el hombro de Sofía.

—Es impresionante lo que pueden descubrir cuando se dan el permiso de soñar sin límites—dijo Olivia, acercándose a ellos para ver lo que habían escrito—. Recuerden que, aunque aún no estén en el formato SMART, estos sueños son el primer paso hacia una vida diseñada por ustedes mismos. Solo hace falta ese pequeño empujón para empezar a trabajar en ellos.

Natalia y Mateo se miraron, asintiendo en silencio, sintiendo que el momento era especial.

—Ese es exactamente el tipo de sueños que vamos a rescatar hoy. ¿Por qué no? —afirmó Olivia con determinación—. Hoy es el momento de dejar de verlos como imposibles y empezar a construir un plan para hacerlos realidad.

Mientras los chicos estaban concentrados e inspirados escribiendo sus sueños, se consultaban y compartían algunas ideas entre risas de emoción.

En el otro lado de la sala, Olivia aprovechaba esos minutos para comunicarse en video llamada con su esposo Armando. Se veía como una adolescente tumbada en el sofá, con su cabeza apoyada en los cojines y sosteniendo el celular en sus manos, acercándose a la pantalla y llenándola de besos. Estaba viviendo una "segunda temporada" en su vida; así la llamaba, pues sentía que Dios le estaba regalando una segunda oportunidad de hacer las cosas, esta vez, de la mejor manera. Pensando en ella misma, en sus deseos, en lo que realmente era importante para ella, y en disfrutar cada cosa, grande o pequeña, tal y como llegaba. Sentía la libertad de decir **no** sin miedo, sin que eso significara pasar por encima de las personas cercanas. Solo se trataba de tomar decisiones correctas. ¿Correctas para quién? Olivia reflexionaba que cada uno le asigna un significado personal a "correcta".

Olivia observaba a sus hijos y Sofía mientras estaban inmersos escribiendo sus sueños, con sonrisas y miradas cómplices. La escena le llenaba de paz, como un reflejo de lo que ella misma había logrado en su vida: una sensación de libertad y plenitud que no había sentido en mucho tiempo.

Al otro lado del sofá, recostada y en esa videollamada con su esposo, se permitió desconectar por un momento. Sus risas y pequeños gestos de cariño a través de la pantalla eran testimonio de ese amor renovado, lleno de comprensión y respeto mutuo. Se sintió agradecida, porque después de tantas dificultades, finalmente había encontrado una relación donde podía ser ella misma, sin temor, sin compromisos vacíos.

— ¿Qué estás haciendo, amor? —preguntó Armando desde el otro lado de la pantalla, con su habitual tono cálido.

—Aquí, ayudando a los chicos y a Sofía a reconectar con sus sueños. Está siendo una tarde increíble—respondió Olivia, sonriendo mientras miraba de reojo a los demás, que seguían en su proceso.

Armando la miraba con orgullo y admiración. Sabía todo lo que Olivia había superado para llegar a este punto, y verla así, tan plena y llena de vida, le llenaba el corazón.

—Eres increíble, Olivia. Te admiro tanto—le dijo, y aunque era a través de una pantalla, ella sintió la autenticidad en sus palabras.

—Gracias, mi amor. Creo que también me admiro a mí misma. Estoy viviendo esta "segunda temporada" con tanto agradecimiento, disfrutando de cada pequeño detalle—respondió con una sonrisa llena de complicidad. —¿Sabes una cosa, mi chelo? Tengo ganas de incluir nuestra historia de amor en la novela. ¿Qué opinas?

—Tú sabes que siempre te he dicho que nuestra historia, cuando nos conocimos, fue muy particular. Por mí no hay problema que la cuentes, pero luego, ¿no me habías dicho que la novela tiene el objetivo de enseñar a tus lectoras?

—Si amor, es que no solo es nuestra historia, sino el proceso que viví y el aprendizaje que saqué de lo vivido. Eso me llevó a abrir mi corazón y darme una segunda oportunidad contigo.

—Gracias por apoyarme en todo lo que hago— decidió continuar al verlo a través de la pantalla sonriendo, con la intención de solo escucharla— y por creer en mi.... Tú has creído más en mí que yo misma. Eres el esposo que siempre quise tener a mi lado. ¡Como me gustaría haberte conocido antes, en mi juventud! Me habría ahorrado tantos infortunios y tantas tristezas.

—No sigas, amor. No digas esas cosas. Las cosas han pasado como tenían que pasar. En mi juventud no tenía la madurez que tengo ahora; tal vez no hubiéramos sido felices como lo somos ahora.

—Así es, mi chelo, tienes razón. Los tiempos de Dios son perfectos y todo sucede en el momento en que tiene que pasar... pero igual agradezco a Dios cada día por tu vida y porque te cruzaste en mi camino para llenarla de vida, esperanza y mucho amor ¡Te Amo!

Olivia colgó la llamada, se estiró en el sofá y se permitió unos minutos de silencio, saboreando el momento. Pensó en lo lejos que había llegado, en las decisiones que había tomado y en cómo cada una, aunque a veces dolorosa, la había llevado a este presente de paz. Era consciente de que tomar las decisiones "correctas" no siempre era fácil, pero había aprendido que lo correcto solo podía definirlo ella misma.

Mientras observaba a sus hijos y Sofía concentrados en sus sueños, Olivia se reafirmó en algo: la vida no se trata solo de sobrevivir, sino de encontrar la forma de vivir plenamente, de atreverse a soñar, a cambiar y decidir por uno mismo.

Estaba a punto de darle las ultimas instrucciones, cuando se le ocurrió la idea de incluir este ejercicio, en su libro, para que las lectoras también lo puedan realizar. Para que se atrevan a soñar, a romper paradigmas. Es el complemento perfecto para organizar sus objetivos en Metas SMART.

—Ya que terminaron de escribir todos sus sueños relacionados con todos los ámbitos de su vida, ahora vamos a organizarlos. Al lado de cada sueño van a escribir los números "1", "5" y "5+" teniendo en cuenta lo siguiente:

*Van a escribir el número "1" para los sueños que ustedes piensan que les pueden tomar un año o quizás menos alcanzarlos.

*El numero "5" lo van a escribir al lado de los sueños que ustedes piensen de que los van a alcanzar entre dos y cinco años.

*Y escribirán "5+" para aquellos sueños que podrían tomarles de cinco años en adelante lograrlos.

Y es entonces aquí, después de organizarlos por los criterios de plazo para alcanzarlos, que van a empezar a definirlos bajo las características de metas SMART. Comenzarán con los sueños que les escribieron el número "1" y que tengan la certeza que los pueden alcanzar, así sucesivamente con todos los sueños, guiándose por el ejemplo de comprar la casa que les ilustré. Les daré unos minutos para hacerlo, mientras tanto me sentaré con mi computadora para adelantar los capítulos finales. Me avisan cuando terminen.

Mientras los chicos se concentraban nuevamente en organizar sus sueños, Olivia tomó asiento con su computadora. Con una sonrisa que denotaba satisfacción, comenzó a escribir sobre lo vivido ese día, sobre cómo cada pequeño ejercicio de reflexión y planificación iba conectando con el propósito más profundo de su libro. Al escribir quería deshacerse de sus temores que por tantos años le habían hecho compañía y sentía que nunca era tarde para tomar decisiones que podían cambiar el rumbo de su vida.

Y si no la cambiaba, ¿Qué más daba? pero por lo menos quería intentarlo, quería actuar según sus deseos sin cuestionarse y cerciorarse de una vez por todas si podía alcanzar su sueño de ser escritora por fin. Su tema estaba conectado con sus vivencias de su pasado y con sus relaciones de pareja, pero detrás de eso, se escondían muchos otros temas que cada vez la tenían muy convencida que más mujeres de lo que se podía pensar se encontraban atravesando el mismo mar de incertidumbres, inseguridades y tantas situaciones ambivalentes que las llevan a veces a tomar decisiones erradas por falta de muchas herramientas.

Las que Olivia agradece haber tenido la oportunidad de descubrir y desarrollar. Es por esta razón que su libro no solo se trataría de un gusto o de un logro alcanzado, sino también de contribuir a la vida de las demás mujeres. Si tan solo impactara la vida de una sola mujer, ya con eso estaría más que satisfecha. Mientras las teclas resonaban bajo sus dedos, la idea de incluir ese ejercicio en su libro tomó aún más forma.

Olivia respiró profundamente y siguió escribiendo:

"Recuerda, los sueños son el motor de nuestras decisiones, y aunque puedan parecer lejanos o imposibles, organizar nuestras metas es el primer paso para convertirlos en realidad. No tengas miedo de soñar en grande. Atrévete a escribir, planificar y romper con todo lo que alguna vez te limitó. Hoy es el día para empezar."

Después de escribir esas líneas, levantó la vista y vio a sus hijos y a Sofía inmersos en el ejercicio. Se sintió orgullosa de ver cómo, no solo estaban organizando sus sueños, sino también comenzando a creer que todo era posible si se planifican bien y se trabaja con determinación.

—¿Cómo van? —preguntó, lista para ayudarles a pasar al siguiente paso.

—¡Guao mami! Este ejercicio es increíble. Primero nos haces volar y nos invitas a soltarnos de tanta rigidez para escribir esos sueños que siempre hemos tenido. Como nos dijiste, a veces ni siquiera nos atrevemos a escribirlos, mucho menos a decirlos en voz alta, porque empezamos a frenarnos antes de siquiera empezar— expresó Natalia emocionada mirando a su hermano y amiga porque los incluía en su comentario.

—Estoy de acuerdo con Naty, señora Olivia— añadió Sofia —Es un ejercicio muy poderoso. Primero nos eleva la conciencia para atrevernos a soñar y luego nos hace aterrizar para organizar esos sueños y definirlos con más detalle. Ese modelo SMART nos ayuda a estructurarlos, de tal manera que parece casi imposible no cumplirlos... a mí me encantó.

—Ha sido una tarde muy enriquecedora y refrescante compartir esto con ustedes — respondió Olivia, conmovida — Mil gracias por su apoyo y tener una actitud tan abierta a nuevas experiencias. Ojalá las lectoras se conecten con este contenido tanto como lo han hecho ustedes. No saben lo emocionada que estoy... — comentó esta vez sentándose a su lado—Se me ocurre que salgamos a cenar para celebrar este momento tan especial y despedirnos, ya que mañana me voy.

—¿En serio mami? Quédate unos días más por fa— pidió Natalia con un puchero.

—Hija no sabía qué iba a encontrarme al llegar aquí, ni cómo iba a reaccionar Sofía a los temas que charlamos. Supuse que no iba a ser tan fácil como fue, por eso solo vine por el fin de semana. Estoy gratamente sorprendida por tu actitud tan madura— dijo mientras acariciaba la mejilla a Sofia.

Y con lágrimas en los ojos las tres mujeres, junto a Mateo, se pusieron de pie y se abrazaron allí mismo en la sala. Entre risas, chocaron sus manos en señal de camaradería y complicidad, sintiendo esa energía cálida y fraternal. Luego de unos segundos decidieron prepararse para terminar el día con la cena que habían planeado minutos antes.

Mientras se preparaban para salir a cenar, Olivia no podía evitar reflexionar sobre lo vivido ese fin de semana. Había llegado sin expectativas, insegura sobre cómo se desarrollarían las conversaciones con Sofía, y si Natalia realmente estuviese abierta a participar en esos ejercicios. Pero en cambio, se encontró con un ambiente lleno de apertura, apoyo y transformación. Fue un recordatorio de que un viaje de autoconocimiento y sanación no era algo que se hacía en solitario, sino que podía compartirse, ya veces, incluso inspirar a otros en el camino.

Mientras Olivia caminaba hacia su habitación para alistarse, pensó en todas las mujeres que, como ella, alguna vez se sintieron atrapadas entre decisiones, incertidumbres y miedo al futuro. Su sonrisa era el reflejo de una decisión tomada: su misión iba más allá de sus propios sueños. Ahora tenía la responsabilidad de guiar a otras, de acompañarlas mientras construían sus propios caminos hacia la libertad emocional y la paz interior.

Al salir para reunirse con los demás, Mateo la esperaba en la puerta con una sonrisa.

—Mamá, te ves muy feliz —comentó mientras la observaba con cariño.

Olivia lo miró y se acercó con la cabeza.

—Lo estoy, hijo. Muy feliz. Estoy viviendo el sueño que por tanto tiempo postergué, y ahora tengo la oportunidad de compartirlo con ustedes. Eso es lo más bonito de todo.

Y con ese sentimiento de gratitud, salieron todos juntos, sabiendo que la cena no solo celebraba una despedida temporal, sino el comienzo de algo mucho más grande: una nueva etapa para Olivia, y tal vez, para cada uno de ellos también.

CAPITULO 6: Tomando las Riendas de mis Emociones: El primer Paso hacia la Libertad

Hace varios años, Olivia vivía un momento de calma en su vida, aunque con unas ganas inmensas de volar, pero literal: de escalar una montaña bien alta y abrir sus alas (si las tuviera) y alzar el vuelo. Se sentía poderosa, capaz de alcanzar cualquier cosa, como si nada le quedara grande. Desde la ventana de su departamento, en un barrio central que había dejado de ser residencial para volverse una zona de oficinas, miraba el horizonte y pensaba en lo lejos que había llegado.

Le encantaba vivir allí. La zona se había llenado de empresas y negocios. A ella y a sus hijos les resultaba conveniente tener todo tan cerca, al alcance de una caminata. A pesar del calor sofocante de la ciudad, que a menudo hacía que Natalia y Mateo prefirieran usar el auto familiar, Olivia disfrutaba esos paseos. Lo encantador de su barrio es que aún conservaba la arquitectura colonial de siglos pasados y, aunque se había modernizado con muchos negocios, existía una norma que obligaba a los empresarios, conservar la apariencia externa de las casas. Entonces, se podía apreciar la manzana que simulaba estar llena de hogares familiares. Solo por el aviso que cada una tenía en la entrada, se podía conocer el negocio que se encontraba allí. Eran poco las familias que aun mantenían sus viviendas. Salían en las tardes escapando del calor de sus casas con la excusa de pasear a sus mascotas y llevar a sus niños pequeños al parque que adornaba a esa manzana. Lleno de muchos arboles regalaba oxígeno al sector y un oasis de frescura para las tardes bochornosas del clima tropical citadino.

Su departamento se encontraba en un quinto piso y de allí podía ver los atardeceres rojizos a través de los edificios que se vislumbraban en el horizonte. Y esa tarde en particular sentía que podía respirar profundo con aire de satisfacción y con cada movimiento de sus pulmones, una sonrisa se dibujaba en su rostro.

Finalmente, Olivia se había liberado de lo último que la atormentaba de su exesposo: los constantes reproches sobre el acuerdo de divorcio. Él solía recordarle que seguía obligado a pagar el crédito hipotecario, y le reclamaba que ella disfrutaba de la casa sin merecerlo.

Pero Olivia, llena de ira contenida, le gritaba que se había ganado cada ladrillo de esa vivienda. No solo había soportado años de injusticias por parte de él y su familia, sino que estaba criando a sus hijos de una manera excepcional. Eso, además, la llenaba de orgullo.

Cansada de ese recordatorio constante, decidió liberarse, de la manera más decisiva posible. Asumió por completo el compromiso de pagar la vivienda por su cuenta, sin necesidad de depender de él ni de sus recriminaciones. Su situación económica se lo permitía. Podía tomar las riendas absolutas de su vida, de su libertad. Este paso no solo marcaba el fin de un yugo que había cargado durante mucho tiempo, sino que también le daba el poder de ser selectiva con aquello que estaba dispuesta a dejar que la afectara o estresara.

Esa sensación de empoderamiento la llevó a considerar algo que jamás hubiera pensado antes: hacerse un tatuaje. Cuando le contó a su hija Natalia, que, en ese entonces, estaba a punto de terminar la escuela, ésta se emocionó al instante. Pero el motivo de Olivia no era una simple rebeldía o un capricho adolescente. Ella quería marcar en su piel el sentimiento que la embargaba, como un recordatorio constante de que no se permitiría claudicar ante las adversidades, ni agachar la cabeza ante ningún desafío.

Pensó en un águila. Siempre le había fascinado la simbología del águila, especialmente esa historia que dice que, al llegar a los cuarenta años, debe tomar una decisión crucial: dejarse morir o someterse a un doloroso proceso de renovación para vivir otras cuatro décadas. Al igual que el águila, Olivia sintió que había pasado por ese punto de inflexión. Además, había algo más: las águilas son conocidas por volar sobre las tormentas, elevándose por encima del caos. Ese era exactamente el mensaje que ella quería tener consigo, todos los días.

Pero estaba indecisa pues quería encontrar una imagen estética de un águila muy femenina, que transmitiera poder, pero también delicadeza. Algo que no fuera demasiado tosco para su cuerpo. Y tenía claro que el tatuaje debía estar en un lugar discreto, que solo fuera visible en traje de baño.

Había superado un divorcio tormentoso, lleno de gritos, reproches, llantos, noches de insomnio, venganzas y culpas. Le gustaba mirar por esa ventana mientras pensaba en todo el tiempo que había perdido consumiéndose en su duelo. Mejor dicho, masticándolo. Literalmente, sentía que había pasado años volviendo una y otra vez sobre las mismas escenas, desgastándose, repasando momentos vividos y pensando en qué palabras habría podido usar mejor, qué gesto habría sido más hiriente o qué actitud más destructora.

—¿Por qué no enseñan en las escuelas, como las sumas y las restas, a desarrollar una coraza en el corazón? ¿A ser calculador cuando de defender nuestra dignidad se trata? —se preguntaba frecuentemente mientras escribía su libro. —En las escuelas enseñan ética, valores... pero deben incluir temas de inteligencia emocional, para que los chicos aprendan a desarrollarla como una habilidad más.

—Hay muchas cosas, mi querida Olivia, que quisiéramos que les enseñaran a nuestros hijos en la escuela —comentó Tulia mientras revisaban el manuscrito sentada en el escritorio de Olivia—. Pero recordemos que la escuela de la vida tiene sus bases en el hogar. Ahí es donde debemos complementar esas enseñanzas.

—El problema, querida Tulia, es que nuestros hijos escuchan más a los maestros que a nosotros.

—Mmm... discutible ese tema. Pero no vamos a polemizar ahora. Quizás, si eso es cierto, entonces debemos volvernos un poco maestros. Aplicar las técnicas de docencia para que nuestros hijos nos escuchen y quieran introyectar lo que deseamos enseñarles. Por ahora, concéntrate en tu novela. Muéstrame qué encontraste sobre la inteligencia emocional.

—Leí que la inteligencia académica no garantiza el éxito en la vida cotidiana. No facilita la felicidad ni con nuestra pareja, ni con nuestros hijos, ni nos ayuda a tener más y mejores amigos. — informó Olivia sentada en las sillas de los visitantes frente a su escritorio— El coeficiente intelectual no contribuye a nuestro equilibrio emocional ni a nuestra salud mental. Son otras habilidades emocionales y sociales las que realmente nos proporcionan estabilidad y bienestar. Me sentí identificada con la definición de inteligencia emocional que encontré: es la capacidad de atender y percibir los sentimientos de forma adecuada y precisa, asimilarlos y comprenderlos, y la destreza para regular nuestro estado de ánimo o el de los demás. No basta con identificar nuestras emociones, también hay que comprenderlas y regularlas. Algo que me faltó por muchos años y que aún hoy considero que es un trabajo diario

—Toda esta información es invaluable para tu libro —afirmaba Tulia, complacida—, porque describe, en cierto modo, el proceso que te ha tocado vivir para reencontrarte y reinventarte como persona.

Olivia siempre estuvo convencida de que un matrimonio es de dos. Ya sea que funcione o termine en fracaso, la responsabilidad de lo que ocurre se reparte entre ambos. En su libro, se enfocó en la parte que le corresponde a ella, sin victimizarse ni culpar a su exesposo. Por el contrario, Olivia asumió la responsabilidad de sus decisiones y el aprendizaje que obtuvo de ellas, algo que se reflejó en sus páginas.

El divorcio fue el punto final de una historia que durante mucho tiempo Olivia sintió que no debía haber ocurrido. Pero con el tiempo entendió que todo lo que hizo en su pasado fue perfecto, acorde con el nivel de conciencia que tenía en aquel entonces. Fue necesario un despertar, un proceso de reencontrarse, porque había pasado años sintiendo que se había perdido. Esa versión de Olivia en la que se había convertido no era ella. Tampoco le gustaba. Se sentía incómoda consigo misma. Se había vuelto gruñona, neurótica, irritable y sarcástica, presa de resentimientos y malos recuerdos.

—Ojalá hubiera tenido una voz amiga que me dijera todas estas cosas que ahora escribo —dijo en voz alta. Pero luego pensó—: Claro, ¿cómo alguien iba a hablarme si nunca pedí ayuda?

La convivencia con su exesposo se había vuelto insostenible, pero cada vez que consideraba separarse y afrontar la vida sola con sus hijos, una tristeza abrumadora la invadía, oprimiendo su pecho y dejándola sin aliento. Se miraba al espejo, repitiendo una y otra vez: "No me atrevo a estar sola", mientras el pánico la paralizaba, impidiéndole tomar decisiones. Aunque era una mujer profesional, exitosa en su trabajo, liderando equipos y superando desafíos laborales, en el fondo de su corazón creía que no sería capaz de manejar la vida sola con sus hijos. Se convenció de aquello, pero sabía que algo no estaba bien.

Olivia se había convertido en experta en dejarse dominar por sus emociones. La impulsividad la gobernaba, arrastrándola a un desenfreno constante con las personas que interactuaban con ella. Vivía en una montaña rusa emocional que le indicaba que algo no estaba bien en su interior, pero no lograba comprender ni regular sus sentimientos. Solo meses después del divorcio, cuando tocó fondo, se atrevió finalmente a pedir ayuda.

—Cada vez me convenzo más de que muchas de mis lectoras podrían estar viviendo situaciones similares— comentó a Tulia— Por eso decidí seguir escribiendo y profundizando en estos temas. ¿Qué te parece?

—Lo leí y me parece muy acertado, Oli. Podemos incluirlo de manera que sea como una guía, que puede darles más seguridad y certeza a las lectoras al tomar decisiones.

La Inteligencia Emocional implica cuatro grandes componentes:

***Percepción y expresión emocional**. Los sentimientos son como un sistema de alarma que nos informa sobre lo que está bien o mal en nuestra vida. Saber leer nuestras emociones y etiquetarlas es fundamental para aprender a controlarlas, moderar nuestras reacciones y no dejarnos arrastrar por impulsos o pasiones.

*Facilitación emocional**. Las emociones y los pensamientos están profundamente entrelazados. Si logramos utilizar las emociones al servicio del pensamiento, podemos razonar de forma más inteligente y tomar mejores decisiones. Primero se crea el pensamiento de acuerdo con paradigmas, modelos y estructuras mentales que son aprendidos y heredados de generación en generación. Y el pensamiento creado genera una emoción.

*Comprensión emocional**. Para comprender los sentimientos de los demás, debemos comenzar por comprender los nuestros. Reconocer e identificar nuestros propios sentimientos nos facilita conectar con los de los demás. Esto está conectado con la empatía.

*Regulación emocional**. Es la habilidad para manejar nuestra respuesta emocional ante situaciones intensas. Evitar reacciones descontroladas ante la ira, el miedo o la provocación es clave para mantener el equilibrio.

Por ejemplo, el pensamiento de que "no soy capaz para hablar en público" genera unas emociones de miedo, frustración, ira. La idea no es descontrolarnos y actuar basados en esas emociones que podemos identificar que no nos hacen bien en ese momento. Debemos crear nuevos pensamientos positivos, como aprendimos en el primer capítulo: "me cuesta hablar en público, pero me voy a esforzar y ensayar lo suficiente hasta que me salga muy bien y me sienta lista" de forma que este nuevo pensamiento genere las emociones adecuadas para ayudarte a superar esos desafíos.

—Tienes razón, Tulia. La valentía que sentí al comenzar mi proceso de transformación es algo que quiero transmitirles a las lectoras. Que sepan que es posible encontrar ayuda, tanto terapéutica como espiritual, para avanzar al siguiente nivel. No lo hice solo por superar el duelo de la separación, lo hice por mí. — esta vez Olivia quiso acompañar el trabajo con un par de copas de vino blanco— Quería convertirme en una mejor mujer, una mejor madre. Sentía que me lo debía a mí misma, y también a mis hijos. Aunque el divorcio fue lo mejor que pudimos hacer, no pude evitar sentir culpa por someterlos a este proceso. Por eso, decidí pasar por un doloroso proceso de renovación, como un águila que renueva su pico, sus garras y sus plumas para encontrar su mejor versión.

Olivia tomó un sorbo de vino y continuó mirando por la ventana, como si los recuerdos se proyectaran en el horizonte. A veces, al recordar los momentos difíciles de su pasado, sentía que aquellos años habían sido una lección dolorosa, pero necesaria. Había dejado de ser la mujer que dependía emocionalmente de la estabilidad que le podía proporcionar otra persona y, en cambio, había encontrado un centro dentro de ella misma, uno que ya no titubeaba con las tormentas exteriores.

Tulia la miró en silencio, sintiendo el peso de esas palabras no solo en la narrativa del libro, sino en la vida de su amiga. Sabía que cada página era un reflejo honesto del crecimiento de Olivia, un testimonio de alguien que se había atrevido a reinventarse y a dejar ir el miedo a estar sola.

—Ese proceso de introspección te permitió alinear tus pensamientos con tus emociones, y eso te dio una nueva perspectiva de las situaciones— afirmó Tulia entendiendo lo que ella sentía mientras saboreaba el contenido de su copa.

—Exactamente, y comencé a experimentar una empatía con los demás que no sentía desde hacía mucho tiempo. Esta transformación me llenaba de paciencia y me permitía escuchar a los demás profundamente, lo que me ayudaba a comprenderlos mejor. Mis acciones se volvieron más prudentes y conscientes, alejadas del arrebato y la impulsividad. Pero es algo con lo que lucho día a día. Es un trabajo consciente diario.

El diálogo con Tulia sobre inteligencia emocional no solo fue un momento de trabajo en su libro, sino también una oportunidad para

Olivia de profundizar su compromiso con la introspección y el autoconocimiento. Este proceso le recordaba que siempre valía la pena revisar sus emociones, entenderlas y buscar maneras de ser mejor para ella misma y para quienes la rodeaban.

¡Qué mejores decisiones había tomado! ¡Cuánta tranquilidad se respiraba en su hogar! ¡Cuántas horas de sueño recuperadas! Todo cambió cuando decidió tomar las riendas de su vida. Olivia recordaba que, con cada día que pasaba, se revestía de una armadura de fortaleza, llenándose de adrenalina al enamorarse de la nueva mujer que renacía de las cenizas, como un Ave Fénix. Esa sensación la llenaba de orgullo y fue por eso por lo que, al final, decidió tatuarse un Ave Fénix en la espalda, justo debajo de la nuca, como símbolo de su renacer.

Había recuperado la tranquilidad que había perdido, ya dormía noches enteras lo que se veía reflejado en su buen humor para trabajar, para compartir con sus hijos; ellos más que nadie, estaban felices y tranquilos, ya tenían de vuelta a su madre risueña y por momentos medio loca que se reía con sonoras carcajadas cuando festejaba junto a ellos sus locuras. ¡Cómo disfrutaban salir los fines de semana de viaje a lugares cercanos!; ¡Cómo disfrutaban las películas de cine! Las cuales casi siempre estaban de acuerdo que debían ser comedia para tener como excusa la oscuridad de la sala de cine y disfrutar con total libertad de reírse con las usuales risotadas, sin temor a ser señalada sabiendo que nadie sería capaz de reconocerla, y ellos disfrutaban más al verla a ella tan feliz y tranquila que por lo divertida que podría ser la película.

Cada mañana veía a la mujer que siempre había querido ser, y daba gracias a Dios por todo lo que había vivido. Porque, de no haber sido así, nada la hubiera sacado de su "Zona de Confort", ni la habría obligado a tomar decisiones positivas para su salud y su vida. Disfrutó cada paso del proceso, a pesar de que no todo fue bueno. Mirar en retrospectiva, darse cuenta de muchas cosas y superar culpas puede ser doloroso, pero pasar por esa transformación, tomar conciencia de sus pensamientos, reacciones y lenguaje es una vivencia muy poderosa.

—De haber sabido que yo iba a ser capaz de convertirme en la mujer en la que he llegado a ser ahora... ¡Hombre! Hubiera tomado la decisión de separarme mucho antes— le dijo entre risas a Tulia, su buena amiga además de su editora— me convencí de que el mejor legado que tú les puedes dejar a tus hijos es intangible. Que ellos se sientan orgullosos de ti como madre, como persona, como mujer y no solo por todos los logros que puedes alcanzar en todas las áreas de tu vida, sino en enseñarles que arriba hay un Dios bueno que solo quiere ayudarte y bendecirte.

Olivia se encontraba entusiasmada, así que mientras alzaba su copa propuso un brindis:

—Estoy feliz, Tulia— dijo con emoción — Feliz por la Olivia que soy ahora y por haber terminado de escribir mi primer libro.

—Bueno aún falta corregir unos detalles, porque me entregaste esa última parte muy rápido— mencionó Tulia con acento de reproche.

Olivia se tomó unos segundos, tomó un sorbo de su copa y suspiró antes de continuar:

—Si, Tulia, discúlpame. Dudé mucho en agregar esa parte de mi vida, cuando conocí a mi esposo.

—Lo sé, Olivia, y lo entiendo completamente —respondió Tulia, levantando su copa para acompañarla—. A veces, esas partes más personales son las más difíciles de compartir. Pero te diré algo, esa sinceridad y vulnerabilidad son las que conectan con las lectoras de una manera profunda. Es el toque humano, el verdadero corazón del libro.

—Sí, lo sé, tienes razón — expresó Olivia sonriendo—. Y sé que, aunque dudé en agregar la historia con mi esposo, es una parte importante del mensaje. Es una muestra de que, a pesar de todo lo vivido, encontré paz, y también amor, después de tanta tormenta. Pero, no quería que se viera como un final feliz de película, sino más como el resultado de un largo camino de autodescubrimiento y sanación. No fue él quien me salvó, fui yo misma quien lo hizo.

Tulia asintió, comprendiendo la profundidad de las palabras de Olivia.

—Exactamente. Tu historia no es sobre encontrar a alguien que te "complete". Es sobre cómo te encontraste a ti misma, sobre cómo te reconstruiste desde cero. —dijo Tulia, rompiendo el silencio—. Y eso, Olivia, es lo más inspirador que puedes ofrecer a las lectoras. Es una lección de amor propio, de resiliencia y de valentía. Creo que esto es lo que hará que tu historia sea tan poderosa para otras mujeres, Olivia. Las ayudarán a ver que la fuerza está en cada una de ellas. Que, incluso en medio de las tempestades, pueden encontrarse y sanar, como tú lo hiciste.

—Brindo por eso entonces —dijo Olivia, sonriendo con gratitud, buscando la copa de Tulia—. Por la mujer que soy ahora, por las que aún están por descubrir su fuerza, y por este libro, que espero que sea una luz para quien lo necesite.

Olivia excitante, sintiendo una cálida satisfacción que emanaba desde su pecho. Ahora estaba convencida de que su relación no solo era una narrativa de superación personal, sino también un faro de esperanza para otras mujeres. Se sintió agradecida por todo lo vivido, incluso por las experiencias dolorosas, porque le habían mostrado una fortaleza que nunca habría imaginado tener.

Comprendió que su mayor batalla no había sido contra las circunstancias externas, sino contra sus propias emociones y reacciones. A lo largo de su proceso de transformación, había aprendido que la inteligencia emocional no es algo que se obtiene de un día para otro, sino una habilidad que requiere práctica, paciencia y, sobre todo, honestidad con una misma.

Se dio cuenta de que su impulsividad, el miedo al rechazo y su falta de empatía consigo misma habían sido los obstáculos más grandes en su vida. No había sido el divorcio, ni los conflictos con su exesposo, ni siquiera el temor a estar sola. Todo esto era solo el resultado de un corazón desprotegido, de una mente que no sabía cómo procesar y canalizar sus emociones. Hoy, sin embargo, entendía que para poder avanzar y estar en paz con los demás, primero debía estar en paz con ella misma.

Con esa claridad, Olivia comenzó a recordar preguntas. Esas preguntas que le hicieron y que formaban parte de su proceso. En su momento las confrontaron con ella misma. "¿Qué emociones estás dejando que dominen tus decisiones?" Olivia había dejado que el miedo al rechazo dominara muchas de sus decisiones, hasta que decidió enfrentarlo y tomar acción sobre su vida emocional.

Esas preguntas resonaban en su mente como un eco, invitándola a profundizar más, no solo en su pasado, sino también en lo que vendría. Se volvieron instrumentos de un constante descubrimiento invaluable si quieres crecer cada día y mejorar cada día. Era el momento de cerrar un ciclo y comenzar otro. No desde el dolor, sino desde la sabiduría adquirida.

Esas preguntas decidió agregarlas al final del capítulo con el fin que las lectoras también pudieran regalarse unos minutos de introspección para enriquecer su proceso. Pensando en que las circunstancias son diferentes para cada persona. Lo que pudo ser efectivo para Olivia, no necesariamente podría serlo para otras mujeres.

Ambas chocaron sus copas nuevamente, sellando no solo un brindis, sino el cierre de un capítulo de transformación y esperanza. Estaban satisfechas y complacidas, tanto por haber realizado un trabajo transformador y enriquecedor para ellas y las lectoras, sino también por haber convertido esa alianza laboral en una amistad singular y constructiva.

ACTIVIDAD DE REFLEXION

Antes de continuar con el siguiente capítulo, tómate un momento para pensar. Tranquila, sin afanes. Reflexiona sobre estas preguntas y, si lo deseas, anota tus pensamientos para regresar a ellos más adelante.

- ¿Qué emociones estoy dejando que dominen mis decisiones?

- ¿Cuánto tiempo llevo repitiendo los mismos patrones sin cuestionarlos?

- ¿Qué creencias sobre mí misma me han limitado hasta hoy?

- ¿Cómo puedo empezar a regular mejor mis emociones en los momentos de crisis?

- ¿Qué pasos puedo dar hoy para empezar a construir una relación más saludable conmigo misma?

CAPITULO 7: El Eco del Amor: Descubriendo nuevas Posibilidades

Iban ya en camino a Cartagena de Indias, hace algunos años, una ciudad hermosa y turística a la que no había ido hacía muchos años por diversas razones. Cuando podía disfrutar de unos días de descanso con sus hijos salían a recorrer otros destinos, pero esta vez ellos insistieron en volver allí, y ella pensó que después de todo, se merecían ir un par de noches. Y en un resort para agregarle más valía a ese merecimiento.

Sumado a eso, en esa ciudad vivía Jairo, con quien llevaba varios meses que había dejado de salir. Intentaron formar una relación durante más de un año, sin éxito. Después de terminar, habían hecho varios intentos por volver, pero Olivia sentía que Jairo le estaba jugando doble, pues sacaba excusas para no ir a verla, estando a solo hora y media de distancia.

Ella quería aprovechar para tratar de verse con él, en medio de las actividades recreativas que el resort organizaba, y salir un par de horas y poder conversar y definir si podría dar un punto seguido o un punto final a su relación. Le había avisado que ella con sus hijos llegarían a ese hotel para que él se programara en esos días y buscara el momento para verse. Con todo y que ella le estaba facilitando las cosas, sentía que estaba esquivando el llegar a encontrarse.

—Bueno hijos siéntense en el lobby o vayan familiarizándose con el hotel sin alejarse mucho mientras yo me registro en la recepción— les decía mientras bajaban del auto después de haberlo estacionado junto a la entrada, mientras disfrutaba absorta la vista tan hermosa del paisaje combinado entre la vegetación y la profundidad del mar. Sus hijos la miraron con un gesto de burla inocente, pues ellos ya habían pasado, hacía un par de años, su adolescencia y les causaba gracia que Olivia siempre insistía en tratarlos como niños.

Se sentía atractiva con su vestido ajustado de algodón blanco con rayas horizontales de color azul marino largo hasta un poco más arriba de los tobillos, que dejaba ver su silueta, con un sombrero blanco y unas sandalias rojas con una flor coqueta en medio del pie. Y mientras llenaba el registro, escuchaba atentamente las instrucciones del joven de la recepción. A su lado izquierdo se acercó un hombre de mediana estatura, tez blanca, aunque se veía trigueña por la exposición al sol y rostro amable, con la intención de preguntar algo.

Olivia lo miró como diciendo: "Este joven me está atendiendo a mi" Él sonrió al darse cuenta de la imprudencia que estuvo a punto de cometer, a lo que la otra compañera de la recepción resolvió atenderlo:

—Dígame caballero, ¿en qué le puedo colaborar? — el misterioso turista contestó con un acento extranjero, detalle que a Olivia le llamó la atención inmediatamente, pues obviamente identificó que no era de su país. No pudo evitar levantar sus ojos café y mirarlo acompañada de una sonrisa. Él le correspondió la sonrisa pues aún se encontraba un poco avergonzado por la interrupción que estuvo a punto de hacer unos segundos antes.

—No eres de aquí, ¿cierto? —preguntó coquetamente Olivia y por dentro se sorprendía de su arrojo, pues parecía que esta vez su timidez e inseguridad estaban muy lejos de ahí. Pero, aun así, su intrepidez le sirvió para descubrir unas cejas pobladas y hermosas que acompañaban unos ojos, aunque ya maduros, que conservaban una picardía en su mirada. Aunque no era muy alto y con algunos kilos de más, reflejaba una nobleza y caballerosidad que la cautivó de inmediato. Y agregándole que tenía una barba canosa ligeramente rasurada, le daba un toque seductor a ese aire bonachón de señor maduro y experimentado.

—No, ¿se nota? — decía entre risas y la miraba de pies a cabeza muy rápidamente y de manera disimulada— soy chileno ¿y tú? — contestó con un tono juguetón.

—Soy colombiana, soy de Barranquilla, una ciudad cerca de aquí. Vine de vacaciones unos días con mis hijos. Ya habían estado parte de las vacaciones con su papá y ahora les tocaba conmigo— decía tratando de disimular la simpatía que le provocaba y deseando que no se le notara en su mirada todos los pensamientos que se le cruzaban por su mente mientras lo veía, y que no fuera tan obvio que quería aclarar que era separada y que había llegado sola con sus hijos.

—Yo también estoy de vacaciones por una semana con mi hijo menor. Al igual que tú, ya él estuvo con su mamá y ahora le toca conmigo. Llegamos hace un par de días— ella asentía con su cabeza mientras le sonreía y quedaba encantada con su acento, e insistiendo en su disimulo, mientras se preguntaba si él miraba así a todas las mujeres. Sentía que él la miraba con curiosidad, pero no quería parecer ansiosa mientras su corazón latía un poco más de prisa.

—Qué bueno, me encanta que estés disfrutando mi país. Hay muchos sitios hermosos en Cartagena, aprovecha y los visitas todos— "¿será que me invita a que lo acompañe a conocer? Mmm, pero me tocaría ir con mis hijos; no, mejor que no me diga nada, no sabría cómo decirle que no.... Olivia por favor, ilusa, con tantas mujeres lindas para conocer, te va a llevar a ti" absorta, seguía asintiendo a todo lo que él le decía, mientras su mente volaba en mil direcciones.

—Claro que sí, será muy entretenido conocerlo todo. Llegaremos en la noche.... ¿Tu estarás aquí en el hotel cuando llegue? — "¡Que mina más linda he conocido por Dios!, ¿será que se verá muy atrevido si le digo que me acompañe a conocer? Mmm mejor no, ella está en plan de mamá disfrutando a sus hijos y yo también estoy con el mío. Además, una mujer tan linda que se va a dejar invitar por mi" pensaba él mientras veía como empezaba a caminar por el lobby con el botones del hotel para subir a su habitación.

—Yo creería que si— alcanzó a contestar mientras se cerraban las puertas del ascensor y se despedía con su mano.

Todo el día Olivia estuvo pensando en Jairo y en sus respuestas evasivas para verse esa noche, pues argumentaba que estaba fuera de la ciudad y no estaba seguro de su hora de regreso, de tal manera que su charla era probable que quedara para la noche siguiente. Trataba de despejar su mente y distraerse con sus hijos disfrutando las comodidades del hotel con ellos, lo que se convertía en una misión imposible pues cada instante revisaba su celular con la ilusión de encontrar un mensaje de Jairo, solo para confirmar una vez más su indiferencia.

Y eso la lastimaba mucho, al borde de llenar sus ojos de lágrimas, y en medio de las risas y esfuerzos por divertirse con sus hijos meditaba que se estaba obsesionando con él y dándole una prioridad que no merecía. Cada mensaje que no llegaba era un recordatorio de lo poco que le importaba a Jairo, pero, aun así, no podía dejar de esperar. ¿Por qué seguía permitiéndole que la subestimara? Sumida en sus pensamientos, se dio cuenta que había empezado unos juegos al lado de la piscina que incluían a toda la familia, por lo que decidió levantarse de su silla y aceptar la invitación de sus hijos que antes había rechazado, entregándose de lleno a la diversión y disfrutando la estadía en ese resort de lujo.

Llegada la noche, Olivia sintiéndose atrapada entre su desilusión y su necesidad de escapar, resolvió ya tarde después de cenar, dejar a sus hijos viendo televisión en la habitación y bajar al bar. Quizás un coctel y la música podrían calmar su mente lo suficiente para liberarse de la ansiedad, aunque fuera solo por esa noche.

Dudaba si bajar con el mismo vestido de rayas marinero con el que llegó o lucir otros outfit que llevaba en su equipaje, pero con la sencillez y el desparpajo que la caracterizaba, resolvió llevar el mismo: "Total, solo me lo vieron un ratito cuando llegué" pensó, entre risas, mientras les daba las últimas instrucciones a sus hijos para que se durmieran y salía a buscar el ascensor.

Se sentó en el bar escuchando la música en vivo a cargo de una jovencita de gafas junto a un señor canoso que la acompañaba en el teclado. Mientras esperaba su "Mojito" bajo en alcohol que había pedido, se sorprendía que esa chica delgada y de baja estatura tuviera una voz tan hermosa y melodiosa. Cantaba las canciones de son cubano que amenizaban el sitio, y llenaban de sabor a los turistas presentes, quienes se movían al ritmo de la música. Algunos sentados en sus mesas y otros, más osados, se levantaban a bailar, aunque su coordinación musical no fuera la mejor. ¿Qué importaba? Las ventajas de sentirse libre de presiones sociales y dejarse llevar por los efectos del licor y las ganas de disfrutar el momento. La cadencia de su voz acompañada por los acordes de los viejos sones caribeños que tocaba hábilmente su dupla amenizaba su alma. Cosa que agradecía pues minimizaba el desasosiego que la invadía. Escogió el bar que quedaba cerca a la recepción del hotel, pues estaba ubicado en una terraza donde se podía disfrutar, además, de la brisa fresca que llegaba del mar.

"¡¿Por qué seré tan tonta?! Otra vez me permito caer en lo mismo, esperando algo de alguien que no me da nada. ¿voy a repetir el patrón?". En medio de sus pensamientos sintió la necesidad de dejarse contagiar del ímpetu de los turistas presentes y empezó a moverse en el banquillo donde estaba sentada junto a la barra.

De repente percibió que alguien la miraba y un sobresalto llenó su corazón por la emoción que se pudiera tratar de Jairo que había resuelto llegar y hablar con ella. Olivia giró a su izquierda para descubrir quien la observaba, cuando descubrió unas cejas pobladas al otro lado del bar. El sobresalto en su pecho se desinfló en un suspiro al reconocer al hombre. "El chileno", pensó, casi riendo ante lo rápido que había olvidado su existencia en medio de su obsesión con Jairo. Contuvo sus ganas de reírse para no hacerle pensar que se estaba burlando. Más bien le sonrió y con sus ojos le mostró un banquillo vacío a su lado, a ver si se animaba a acompañarla. Con gracia notó que en dos segundos el hombre estaba a su lado preguntándole qué estaba tomando y pidiéndole al bar tender una bebida igual.

—Por cierto, ¿Cómo te llamas? — comenzó él acercándose a su oído.

—Olivia, y ¿tú? — seguía ella con un coqueteo que la tenía sorprendida.

—Armando— respondió con una sonrisa cómplice que le hizo sentir chispas al notar que se le formaba un hoyuelo en su mejilla izquierda.

—¿Cómo les fue hoy? ¿A dónde fueron? — Y decidió escucharlo con atención y entretenerse dejándose llevar por la música y el relato de su nuevo ¿amigo? Se sentía como una adolescente, emocionada de conocer a un hombre que mostraba ser muy gentil y exaltarse cada vez que lo escuchaba hablar con su acento extranjero que lo encontraba encantador.

Hablaron de sus vidas, de sus actividades diarias, de sus trabajos, de sus hijos. El escuchaba concentrado a Olivia y le expresaba con profunda sinceridad que encontraba que era una mujer maravillosa, cuyas cualidades como madre dedicada son difíciles de encontrar hoy en día. Una ejecutiva desenvuelta e independiente que no necesitaba de nadie, lo que despertaba su admiración al sacar adelante sus hijos esos últimos años sola. Sin apoyo de abuelos, ni tíos, como en otras familias. Ella sola lo había logrado. Y culminó su discurso con un consejo: "Cualquier hombre con dos dedos de frente se sentiría muy orgulloso de tener una mujer como tú a su lado. No dejes que ningún hombre pase por encima de ti."

Olivia encontró su retórica un poco exagerada, teniendo en cuenta las pocas horas que llevaban de conocerse. Aunque no pudo evitar sentirse impactada por sus palabras y consejos, como si él conociera la situación que estaba viviendo con Jairo. No sabía si sentirse halagada o escéptica, pues no recordaba la última vez que escuchaba algo similar.

Pero lo disculpó al recordar que muy seguramente se trataba de su estrategia de cortejo. Y con una sonrisa, se dejaba conquistar encantada.

Pero al cabo de un par de horas, ella resolvió despedirse y subir a su habitación para descansar. Estaba descubriendo que ese hombre le estaba gustando mucho, y en el fondo sentía que lo más adecuado en ese momento era dejar la conversación amena donde se encontraba. Además, quería primero resolver sus asuntos con Jairo y definir su situación sentimental.

—Está bien Olivia que vayas a descansar, pero primero regálame tu número de celular.

—Claro, ven y te lo escribo. — y mientras lo escribía en la servilleta, se preguntaba si estaba abriendo una puerta que no debía— Buenas noches, que descanses y que sigas disfrutando tus paseos— le dijo mientras le regalaba un caluroso beso en la mejilla.

—¿Mañana te quedaras acá en el hotel con tus hijos?

—No, mañana iremos a una playa cerca, pero por la tarde ya estaremos acá; aprovecharé e iré al Spa para un masaje relajante, lo necesito— le contó, al tiempo que deseaba no encontrárselo al día siguiente pues quería estar tranquila.

Necesitaba tiempo para resolver las dudas que la habían atormentado los últimos meses. Quería tener el espacio para conversar con Jairo, ya que habían resuelto no hablar en otro sitio fuera del resort, sino que él llegaría al hotel y hablarían allí mismo.

—Ah que bien, ojalá nos encontremos y sigamos charlando— le propuso Armando mientras le acompañaba hasta el ascensor.

—Si— le respondió entre risas nerviosas— vamos a ver qué pasa mañana.

Y llegó la noche del día siguiente, según lo previsto, Jairo llegó al hotel un poco retrasado y apurado, o al menos, eso le pareció a Olivia. Mientras sus hijos disfrutaban de actividades recreativas, ella y Jairo aprovecharon para caminar por los jardines y senderos campestres del hotel, conversando sobre temas pendientes acerca de su futuro juntos.

Olivia notaba dudas en su discurso, y aunque intentaba arrinconarlo con sus preguntas, lo confrontaba por su falta de interés en visitarla, sus ausencias prolongadas sin llamadas ni mensajes, y su aparente frialdad. Lo sorprendente es que Jairo siempre tuvo una respuesta rápida para cada reclamo, pero todas sus explicaciones seguían el mismo patrón: ninguna le brindaba certeza, ni una visión clara de que él se proyectaba en un futuro con ella.

Cuando Olivia estaba a punto de lanzar una nueva ráfaga de reproches, algo cambió. Se detuvo de golpe, tanto que Jairo, extrañado, le preguntó: —¿Qué pasó? ¿Por qué te detuviste así?

Olivia se había encontrado con su propio reflejo en una pared de vidrio. Estaban caminando junto a un salón de eventos desocupado y oscuro, lo que permitía que se viera claramente. En ese momento, dejó de cuestionar a Jairo y comenzó a cuestionarse a sí misma. Un leve rubor de vergüenza la envolvió. ¿Dónde había dejado su valía? ¿En qué momento había olvidado su autoestima? ¿Dónde habían quedado las horas de terapia y los ejercicios de crecimiento personal que tanto le habían costado?

No podía apartar los ojos de su reflejo. Se veía joven, hermosa. No solo en términos físicos, sino en esa belleza que emana cuando el alma se ha liberado de las cadenas que antes la limitaban. Era el tipo de atractivo que surge cuando te reconoces, cuando te das cuenta de la persona en la que te has convertido. En esos breves segundos, Olivia entendió que ahora era consciente de su postura, de sus palabras, y de cómo enfrentaba las situaciones desafiantes. Cuando eres capaz de dominar esas milésimas de segundos para pensar y ordenar las palabras adecuadas en tu mente antes de decirlas. Cuando reconoces los logros que solo para ti son relevantes y que has superado y te han llevado a ser la persona que ves en tu reflejo del vidrio.

Ya no era la misma.

¿Y si las palabras de Armando eran ciertas? ¿Y si no eran solo parte de un juego de seducción? ¿Y si, en realidad, ella era una mujer maravillosa? ¿Y si, de verdad, cualquier hombre sería afortunado de tenerla a su lado?

"Es cierto", pensó. "¡No más! No debo dejar que ningún hombre pase por encima mío." Sus pensamientos la llenaban de una energía tan volátil que podía sentir el calor en sus manos.

—Vamos Jairo, te acompaño a tu auto— pronunció, después de un profundo suspiro.

—Pero... aún no hemos terminado de hablar— reclamó Jairo sorprendido.

—Yo sí. Ya he decidido que no quiero escucharte más. Ni hoy ni por el resto de mi existencia. No estoy aquí para recibir las sobras de tu tiempo. Si realmente me amaras, harías espacio en tu vida para nosotros. — y sin esperar respuesta, lo tomó del brazo y, casi empujándolo, lo llevó hacia su auto.

—Pero... — intentaba insistir Jairo mientras arrancaba el coche.

—Adiós. ¡Y no me busques nunca más! — dijo Olivia sin volver la mirada. Comenzó a caminar de regreso al hotel, y podía sentir, sin temor a exagerar, que no caminaba, sino que levitaba. Cada paso la hacía sentir como si estuviera flotando. Nunca había sentido esa clase de adrenalina. Ella imaginaba que así se debían sentir los boxeadores triunfantes al culminar una pelea por *knock out*.

Aún sentía la sangre caliente en sus mejillas mientras se dirigía hacia donde los chicos jugaban con los recreacionistas, cuando escuchó que alguien la llamaba varias veces. Al detenerse y buscar de dónde provenía la voz, se encontró de nuevo con las cejas pobladas de Armando. Una sonrisa iluminó su rostro al instante, y se emocionó muchísimo de haberlo encontrado en ese preciso momento. Allí estaba el autor de su epifanía. No pudo evitar gritarle, pues, aunque se estaban acercando, todavía los separaba una distancia considerable:

—¡¡No sabes la alegría que me da verte!!— de inmediato sintió algo de vergüenza por su espontaneidad, pero ya no había marcha atrás.

—¿sí? ¿y eso? — preguntó Armando, inocente, mientras le daba un beso en la mejilla, aunque podía adivinar la respuesta.

—Acabo de decidir que hoy es el primer día del resto de mi vida— respondió ella entre risas y añadió— voy a ver a mis hijos en los juegos. ¿me acompañas o estás ocupado? Disculpa si sueno mandona.

—Tranquila — contestó él— acabo de llegar con mi hijo del paseo por el centro histórico. De camino al ascensor te vi, así que le dije que se sumara a los juegos porque quería charlar un rato contigo.

—Que buena decisión, así los vemos juntos— respondió Olivia aun con risas nerviosas.

—Aunque... casi me arrepiento. Te vi charlando con un señor en el estacionamiento del hotel...— comentó Armando, mirándola a los ojos con una curiosa mezcla de inquietud.

—Si... pero es un amigo... nadie importante.

Él no quedó del todo convencido con la respuesta. "Obviamente no son amigos, esas miradas y gestos son de mucho más que amigos. ¿será un exnovio celoso? ¿estará muy enamorada de ese tipo?" pensó de manera inmediata, pero decidió dejarlo pasar. Consideró que era mejor disfrutar el momento con esta mujer que le coqueteaba de una manera tan sutil que lo fascinaba. Olivia, por su parte, también estaba decidida a vivir su vida a plenitud y no desperdiciar más tiempo con personas que no la valoraban. Así que le insistió en que la acompañara.

Mientras caminaban hacia el área de las actividades recreativas, continuaron conversando y conociéndose. Olivia encontraba encantadora la manera en que lo hacían, intercambiando miradas y sonrisas furtivas, sin contacto físico, ya que ambos estaban en modo padres con sus respectivos hijos. No podían dejarse llevar por el desenfreno, aunque fantasearan con ello—algo que más tarde se confesarían cuando ya fueran pareja—. Esa situación particular hizo que las pocas horas que compartieron estuvieran llenas de buenas conversaciones y unas copas de vino que, sin duda, dejaron huella en ambos.

Como todo inicio, no fue sencillo. Se acabaron las vacaciones, y cada uno se devolvió a su ciudad de origen. A continuar con sus vidas dentro de sus realidades. Siguieron en contacto sin ninguna pretensión, sin promesas ni compromisos. Solo disfrutaban de su mutua compañía por medio de chats, video llamadas, fotos. Sabían el desafío al que se enfrentaban.

Conocerse en la distancia, sin poder compartir piel con piel. Tomarse de las manos, sentir la textura de sus dedos entrelazados en una sala oscura de cine, oler su aroma al saludarse con un beso en la mejilla o percibir su aliento precoz luego de saludarlo con corto beso en la boca.

Pero con el pasar del tiempo, agradecieron esas circunstancias. Porque al estar lejos y carecer de esos acercamientos físicos, hizo que se enfocaran en lo más trascendental. Sus almas. De esta manera construyeron una relación basada en la confianza y la conexión emocional.

Los dos estaban un poco temerosos y escépticos, pero cada uno le puso empeño. Estaban claros sobre la conexión y la química que existía entre los dos y por ellos decidieron apostarle a una relación que antes los ojos de los demás podría ser más que absurda. Y más, en la edad madura en que se encontraban los dos. "Ya no estaban para complicarse la vida" alcanzaron a escuchar que les decían.

Al pasar las semanas y los meses se fueron estrechando esos lazos de amistad, que se fue transformando en algo más profundo. Todas las noches sin falta y sin excusa, se veían por video llamada, donde podían durar horas hablando, contándose su día a día, sus sueños, sus miedos, sus anhelos. Experimentaban esta relación con tranquilidad, con pausa, sin prisas. Viviendo y disfrutando cada día con lo nuevo que traía y afrontando cada situación, con la emoción del momento, con la mayor inteligencia emocional posible, después de tantos momentos de autodescubrimientos entre Olivia Y Armando.

Pero también había espacio para las discusiones, para los celos y los desacuerdos.

Olivia le peleaba por los celos de Armando. Según él, le costaba imaginarse a su amada tan atractiva sola sin pretendientes. Fue todo un proceso convencerlo que, según Olivia, la fidelidad es una decisión. En la etapa de la vida en que se encontraban, los dos solteros sin compromisos, donde podían conseguir una pareja en su misma ciudad de la manera más fácil. Sin embargo, decidieron construir una relación basados en el gustar y querer estar juntos. Para qué desconfiar y pensar que el otro va a estar siendo infiel. No habría necesidad, no tendría lógica. Simplemente cada uno seguiría solo con su vida y tendría sus aventuras sin dañar a nadie. Así que, si habían decidido insistir en querer estar juntos, debían decidir cada día confiar en su pareja. Y creer que sí puede existir un amor genuino. Que si te pueden querer bonito.

Armando le peleaba a Olivia porque sentía que ella era poco cariñosa con él y no le escribía durante el día con la misma frecuencia que él lo hacía. También fue un proceso de aceptación, adaptación y acople.

Con el tiempo, aunque la relación a distancia florecía, también enfrentaban momentos de tensión. Los celos de Armando a veces nublaban su juicio, y Olivia, en su deseo de darle espacio y no sentirse asfixiada, a veces se mostró menos afectuosa de lo que él esperaba. Pero ambos sabían que para construir algo duradero, debían enfrentar esos desafíos juntos y no dejar que los conflictos erosionaran lo que habían construido.

El primer paso para manejar sus diferencias fue la comunicación abierta. Armando, aunque se sentía inseguro por la distancia, se dio cuenta de que expresar sus preocupaciones de manera honesta pero calmada ayudaba a evitar malentendidos. Olivia, por su parte, aprendió a ser más receptiva a los sentimientos de Armando, sin tomarlos como una crítica personal, sino más bien como una oportunidad para fortalecer su vínculo.

Las experiencias de su pasado estaban cobrando una gran relevancia en este momento. Fueran positivas o negativas le habían dejado un gran aprendizaje y la había preparado para estar "lista" para esta relación incipiente. Si bien, no podría tener muy claro qué era lo que quería en una relación de pareja, sí tenía muy claro qué era lo que **no** quería repetir.

Había ocasiones en las que los celos de Armando se disparaban al ver que Olivia no le escribía tan seguido durante el día. En lugar de enojarse o reprimir sus sentimientos, Armando le confesó abiertamente lo que sentía, explicándole que no se trataba de desconfiar de ella, sino de su propia lucha interna.

Por otro lado, Olivia también tuvo que aprender a ser más afectuosa. Aunque su independencia y espacio personal eran importantes, entendió que, para Armando, el cariño era una necesidad que no podía ser ignorada. Así, encontraron un punto medio donde ambos se sentían cómodos: Armando comprendió que el afecto de Olivia no siempre tenía que manifestarse en palabras o mensajes constantes, sino en gestos más profundos, como el tiempo de calidad que compartían. Olivia, a su vez, empezó a ser más expresiva, aprendiendo que el afecto no la hacía menos independiente, sino que fortalecía la relación al demostrar su compromiso con el vínculo que estaban creando.

A través de conversaciones largas y sinceras, ambos fueron descubriendo los puntos de vista del otro y, lo más importante, aceptando que no siempre estarían de acuerdo en todo, pero que eso no significaba que su relación estuviera en peligro.

Cuatro meses después, quisieron volver a verse en el mismo resort en Cartagena de Indias, pero ahora ellos dos solos. Sentían que no solo era un gustar, sino que sentimientos más profundos estaban ganando terreno en sus corazones. Se extrañaban, se miraban por tiempos indefinidos sin musitar palabras y parecían dos adolescentes besando la pantalla de su celular.

Hablaban de su futuro juntos y la manera cómo podían combinar sus profesiones y trabajos con la distancia, y cuál de los dos le quedaría más cómodo trasladar su vivienda al país del otro. Proceso que se debería realizar poco a poco, con todo lo que eso conlleva.

Antes de seguir arriesgando capital emocional a esta relación naciente, decidieron probar si en realidad existía algo tan fuerte como ellos presentían. Si en realidad había química entre ellos, tal como se lo imaginaban. Pues nunca tuvieron un solo contacto físico cuando se conocieron.

Entra tantas fotos que se compartieron, había una que a Armando le encantaba. Estaba ella posando dentro de un mall, con un short de lino color beige y una blusa de tirantas color verde aceituna. Ella la encontraba tan corriente, pero él decía que se veía muy sensual. Por lo que él le pidió que llevara esa misma ropa el día que se reencontraran.

Hablaban semanas enteras sobre cómo sería ese momento. Las emociones que sentirían, los nervios que tendrían, las conversaciones que entablarían. La felicidad invadía sus corazones cada vez que pensaban y fantaseaban con ese momento.

Hasta que un 30 de mayo a las once de la mañana aterrizó el vuelo en Barranquilla. Una mañana calurosa con una brisa húmeda y tibia llenaba a Olivia de ansiedad, mientras esperaba en la sala de Llegadas Internacionales del aeropuerto. Ella caminaba de un lado a otro como león enjaulado por los nervios, vestida con la pinta prometida y había agregado un sombrero "vueltiao" como un accesorio que ella sabía que le haría gracia a Armando.

Habían bromeado si se dieran un beso cortito o uno apasionado. Olivia escuchó su nombre preciso cuando estaba comprando una botella de agua. El corazón le latía desbocado mientras su mirada se cruzaba con la de Armando. Una mezcla de nervios y anticipación inundó su ser, y un escalofrío recorrió su espalda al recordar los momentos que habían compartido a distancia.

Salió corriendo en un impulso vivaz a sus brazos. Se quedaron viendo por un par de segundos, como poniéndose de acuerdo, sin decir una palabra, si se daban el famoso beso o no. Y entre risas y abrazos, se dieron, no uno, sino muchos besos apasionados.

Después del largo abrazo en el aeropuerto, se fueron en el auto de Olivia directamente al resort, donde pasaron su primer día juntos en la ciudad que los había visto conocerse meses atrás. Mientras recorrían el camino hacia Cartagena, en el aire se percibía una mezcla de nerviosismo y emoción. Aunque habían pasado meses compartiendo sus pensamientos más profundos y anhelos a través de la pantalla, ahora se encontraban cara a cara, enfrentando la realidad de sus emociones. Armando tímidamente acariciaba el muslo de Olivia, de manera respetuosa y coqueta, provocando en ella una sonrisa pícara y nerviosa.

Una vez en el resort, ambos se miraron con la misma intensidad que lo hacían por videollamada, pero esta vez las miradas no solo transmitían palabras, sino que cargaban con una energía palpable que ninguno de los dos había experimentado en mucho tiempo. Era como si en cada segundo juntos, los espacios entre ellos se fueran reduciendo sin que tuvieran que decir una sola palabra.

La textura de sus manos juntas, el calor de sus cuerpos tan cercanos les dio la confirmación de lo que ya sabían en sus almas: la química entre ellos era real, tan potente como la conexión emocional que habían desarrollado.

Después de una cena tranquila, donde apenas podían concentrarse en la comida por las sonrisas cómplices que intercambiaban, volvieron a la habitación del hotel. No había prisas ni expectativas desmedidas. Se trataba de disfrutar el momento, de saborear cada instante.

Armando, siempre detallista, había preparado una pequeña sorpresa: dos copas, una botella de vino espumeante, una tabla de quesos con charcutería, que había encargado al hotel semanas antes de pensar en ese reencuentro. Mientras brindaban, Olivia lo miraba con ternura, agradeciendo la simplicidad y la profundidad del momento. Se sentaron en el balcón, mirando el mar, hablando de todo y de nada, como lo habían hecho durante tantas noches en sus llamadas a distancia. Sin prisas, sin afanes. Se habían extrañado tanto y esperado tanto estos momentos, que no querían empañarlo con algún acto impulsivo y arrebatado.

El momento más significativo llegó cuando, sin necesidad de palabras, se acercaron más y Armando la rodeó con sus brazos, como si quisiera envolverla por completo en ese abrazo. Era la primera vez que sintió esa cercanía física después de tantos meses de construir algo tan puro a través de las palabras. Fue en ese momento que Olivia supo, sin lugar a duda, que este hombre la quería tal como ella era, con sus fortalezas y vulnerabilidades.

Ambos se dieron cuenta de que la química no solo estaba en el contacto físico, sino en la tranquilidad que sentían el uno con el otro. La paz que les daba estar juntos, reír, compartir un espacio sin la necesidad de hablar todo el tiempo. Así pasó esa primera noche, compartiendo caricias tímidas, miradas largas, y sintiendo que finalmente habían encontrado un lugar donde sus almas podían descansar.

Después de tres días volvieron a Barranquilla y cuando se reunió con los hijos de Olivia, fue como si todo encajara. Armando, con su carisma y amabilidad, se ganó a los chicos rápidamente. La paz que Olivia sintió al ver cómo sus hijos aceptaban a este hombre en su vida fue un regalo invaluable. Era la señal que necesitaba para saber que esta relación no solo tenía futuro, sino que podía convertirse en algo aún más profundo, como presagio de un futuro con páginas en blanco listas para empezar a escribirlas juntos hasta el final.

Su historia de amor, aunque marcada por tiempos difíciles, había sido una verdadera lección de segundas oportunidades, algo que Olivia sabía que podría resonar con muchas lectoras. A veces, los caminos más inesperados traían consigo las mayores bendiciones. Su esposo había sido una de ellas.

FIN

Don't miss out!

Visit the website below and you can sign up to receive emails whenever Liliana Altamar publishes a new book. There's no charge and no obligation.

https://books2read.com/r/B-A-ALZUC-JSIIF

BOOKS2READ

Connecting independent readers to independent writers.

About the Author

Liliana Altamar nació un día de marzo en Barranquilla, Colombia; cerca al mar donde la brisa marina golpea suavemente levantando las faldas en las esquinas.

Creció en una cultura alegre y desenvuelta que la llenaron de espontaneidad y ganas de reírse todo el tiempo. Eso formó en ella un talento para quererse expresar a través de las palabras y la desafía siempre a inspirarse cada vez que tiene un lápiz o un teclado cerca. A los diez años comenzó a sumergirse en la lectura y a los doce años descubrió que le gustaba narrar todo lo que veía. En la etapa escolar participó en varios concursos literarios, llegando siempre a ser finalista. Siendo en su juventud, donde sus emociones y romanticismo le facilitaron desarrollar aún más su escritura.

Se desempeña como ejecutiva de empresas y como madre de dos hijos, Y ahora, reencontrándose con ella misma, después de haber publicado tres obras, levanta el vuelo nuevamente con su novela "El Poder de Estar Sola", basada en hechos reales.

9 798230 179115